JN294425

夢、ゆきかひて

フィリップ・フォレスト

澤田直・小黒昌文 訳

白水社

夢、ゆきかひて

LA BEAUTÉ DU CONTRESENS ET AUTRES TEXTES
by Philippe Forest
© Éditions Cécile Defaut / Philippe Forest, 2013
This book is published in Japan by arrangement with Éditions Cécile Defaut et Philippe Forest,
through le Bureau des Copyrights Français, Tokyo.

目次

III

IV

日本の読者へ

二十年ちかくにわたって日本の文学と芸術について書いてきたエッセイや講演の一部を、今日このように一冊の書物として日本語で刊行するにあたって、わたしは少なからず感動し、ひどく懐かしい気持ちになると同時に、かすかな不安を覚えていることを、日本のみなさんにまず告白しなければなりません。

ここに収められた文章で最初のものは、一九九六年春に『ランフィニ』誌に発表された大江健三郎論です。当時のわたしは小説『永遠の子ども』で語った状況にあり、そのために最初の小説を書こうとしていました。その時大江の作品を発見したことが、わたしにとってどのような意味を持ったかをそこでは語っています。当時はその先がどのように展開してゆくかなどまったくわからずにいました。最初のテクストがこれほどたくさんのテクストの到来を予告していたことなど、知らずにいたのです。しかし今になって読み返してみると、そこに先の計画がどれだけ組み込まれていたのかが、後からの視点によってはっきりと見てとれます。たとえば『さりながら』という小説は、三人の日本人芸術家（詩人小林一茶、小説家夏目漱石、写真家山端庸介）から着想を得て、彼らの人生をわたし自身の人生と混ぜ合わせながら、きわめて日本的な形式である私小説（あるいは少なくともわたしがそう想像していたもの）をフランス文学のなかに取り入れようとしたものでした。また、大江健三郎についての評論（『大江健三郎』二〇〇一年）と荒木経惟に関するエッセイ（『荒木経惟　つひのはてに』二〇〇八年）がありますし、それにくわえて短い文章も数多く書いてきました。その一部はフランスでは『取り違えの美しさ』（二〇〇五年）と『俳句、その他』（二〇〇八年）という論集に収めて刊行しましたが、他のものはまだ雑誌やカタログなどに発表されたままです。

大江健三郎の作品と出会い、それをきっかけにいわば読書の新大陸を発見したときのわたしは、日本についてごくわずかなことしか知りませんでした。クローデル、バルト、ユルスナールといった作家による、ややもすれば偏向し、変容を被ったイメージを通して日本に接近したフランス人読者が知るようなことだけです。それはたとえば能に関する漠然とした基礎知識であり、俳句に限られた詩の概要であり、あるいは古典文学における記念碑的ないくつかの作品（清少納言から松尾芭蕉）、そしてもちろん、近代小説の偉大な古典的作品などです（近年、村上春樹が世界文学《ワールド・リテラチャー》の高みに一気に上りつめるまでは、谷崎、川端、三島の三人が西洋ではもっともよく読まれていました）。わたしがフランス語訳で（そして時には英訳で）手に入れることのできた主要な作品を読みはじめたのは、知識の不足を補うとともに、自分にとってすぐさま重要なものとなったこの文学をよりよく理解する手段を得るためでした。しかし、読むことに飽き足らず、日本文学について文章を書きはじめたのは、日本とフランスでわたしの最初の読者となり、最初の対話者となった人たちの開かれた精神と厚情、ひと言でいうならばその寛容さがあってのことでした。彼らは、わたしが大江健三郎についての記事で切り拓いた道を歩み続ける勇気を与えてくれ、その後のすべてのテクストが紡げるように導いてくれたのです。そしてその一部が、ここにまとめられることになりました。

寛大にも日本への仲介の労をとってくれたすべての人たちを挙げればきりがありません。ここにお名前を記すことができない方々にお許しを請うとともに、感謝の気持ちをこめて、幾人かの作家（大江健三郎、津島佑子、池澤夏樹、堀江敏幸、辻仁成）と芸術家（荒木経惟、畠山直哉）、日本とフランスの研究者たち（大浦康介、澤田直、セシル・サカイ、イヴ＝マリ・アリュー）、そして日仏両国の貴重な架け橋となってきた方々（アラン・ジュフロワ、ルネ・ド・セカッティ、アンドレ・シガノス、ミカエル・フェリエ、コリーヌ・カンタン）の名を挙げねばならないでしょう。

皮肉なことに――わたしが否定するにもかかわらず――フランスではわたしは時として日本文学の専門家として通っています。必要な知識も語学力も持ち合わせないのですから、そのようなことはけっしてあり得ないのですが……。日本に長期滞在したおりにいくらか努力はしてはみましたが、わたしはきちんと日本語を学べず、いまも翻訳に頼っている身です。ですからわたしの視点は、学者のものではまったくありません。読者として、作者として日本文学について問う小説家あるいはエッセイストの視点であって、生まれ落ちた時代や文明がどのようなものであれ、新旧のあらゆる偉大なテクストが読み手のうちにかき立てるのとおなじ問いを、わたしは日本文学に対して発するのです。

しかし、もしかするとこうした視点こそが、日本の読者にわたしのテクストを差し出すことを正当化してくれるのかもしれません。そして、そこにこの日本語版の賭け金の一端もあるのです。もちろんのこと、日本文学についてわたしよりも詳しい日本の読者に教えられるものなど何も持ち合わせていません。まずフランスの読者を対象としたこれらのテクストは、彼らが知らずにいた日本の作家たちを発見させることを狙いとしていました。しかし同時に、その特異性と規範性ゆえに選ばれた日本のケースを出発点として、文学的な事象の本質そのものについて、きわめて体系的な思索を繰り広げていたのです。つまり、言語と文化とが引く境界線をこえて、われわれひとりひとりが書物の真実とのあいだに結ぶ関係について考えたのでした。じっさい、こういった境界線は、作品が普遍性――それがなければ小説も詩も思想も何ほどのものでもないような普遍性――という要請にわずかでも応えさえすれば、横断できるようなものなのです。そして、ひょっとしたらそうした思索が、この日本語版を通してわたしが直接語りかける日本の読者の賛同を得られるかも知れないということ、それがわたしの願いなのです。

わたしの提示した論証は本書のなかで何度となく繰り返されますから、その内容をここで述べるのは避けるべきでしょう。というのも、それこそが本書に収められたすべての文章にかたちを与えているのですから。それでもごく簡潔に述べておきたいと思うのは、その論証が、〈取り違えの詩学〉とでもいうべきものに基礎を置いているということです。それは、プルーストからの明らかな借用であるとともに、ロラン・バルトに多くを負っています。この詩学によれば、すべての真正な文学作品は、あたかも外国語で書かれているかのようにしてわれわれに提示され、われわれを理解不可能なものの核心（わたしはそれをバタイユに続いて「不可能事」と呼びます）と対峙させ、われわれが個人的な解釈と翻訳を試みることを強要します。そしてこの個人的解釈と翻訳こそが、主観的で時には誤りをふくんだ性格でありながら、作品の真実と美に到達する唯一の道なのです。

こうした考え方はけっして自明のものではありません。しかしながら、この考えこそ、わたしが擁護しようとするものなのです。その成果は、読者諸氏に判断していただくことになるでしょう。以上のことから、わたしの心配がご理解いただけようかと思います。わたしが日本の読者のみなさんに提示して評価を仰ごうとするのは、一連の取り違えなのです。しかし自己弁護のために言うならば、それらの取り違いには、少なくとも次のような利点があります。西洋はしばしば日本文学を、稀有で曖昧な「日本のこころ」なるものの表現として限定し、「日本のこころ」の方は、優越感のしみこんだ、せわしない観光客向けの貧相な紋切り型と一体になってしまっています。それに対してわたしの示す取り違えは、西洋が日本とその文学について作り上げてきた異国趣味的な見方を支える他の取り違えに公然と対抗するものなのです。わたしがとる道（そこには多くの同伴者や先人がいます）は、文学にとって人類を普遍性のうちに思考することを可能にするただひとつの道であり、本書でも何度か引用する、「人のこころはひとつ」なのだと語る紀貫之の古《いにしえ》の言葉にふたたび意味を与えるものです。

一世紀半以来、日本の作家はしばしば、自分たちが発見した西洋の作家の流派に身を組みいれてきました。そこには誤解や取り違えもありましたが、そうした行為が自分たちの芸術には不可欠だとの思いを伴ったものでした。転じて、今度は、フランスの小説家が、謙虚に、しかし断固として、日本人作家たちの流派に身を投じるというのも、けっして奇妙なことではないだろうと、わたしには思われるのです。

フィリップ・フォレスト

I

前哨の日本小説

一　漱石的経験

真の世界文学について、その本当の現在を、時間と空間のうちでどのように思考することができるだろうか。

この問いは、グローバル化の時代にあって今日的な重要性が知られているわけだが、おそらくは夏目漱石こそが、ほぼ一世紀前に、不安定な根源においてそれを問うた最初の人物であった。この問いが十全な意味を持つには、異郷体験あるいは「よそよそしさ」の経験が必要だった。さらには、アジアの作家がついにその視線をヨーロッパへと振り向けることに成功し、西洋の文学を外部から考察し、その前提や帰結を問いに付すことが必要だったのだ。漱石は英文学を学ぶために政府によってイギリスに派遣されながら、西欧の精神世界に溶け込むことが不可能であることを神経衰弱になるほどに実感した。文人としての広汎な学識と、新思潮への好奇心によって、中国の古典とヨーロッパのモダニズムとの交差点という常識を越えた場に身をおくことで、漱石は日本の近代小説を創始し、それを西洋の小説と対峙させたのである。

このことによって漱石は、発見と迷いの場から作品を考えたおそらく最初の作家だと言えよう。それは言語、時間、空間に関する指標が奇妙なことにすべて一緒に浮遊してしまう場である。漱石は自問する。「日本の書は右より下に始まり西洋の書は左より横に読むなり。［…］如何にして両者の調和をはかるべきか。支那人は黄金時代を堯舜《ぎょうしゅん》の世にありと思へり。洋人は未来において黄金時代の来るべきを信ず、文明は進歩しつつあると自覚すればなり。日本人はいづれの方向へと時代を置くべきか」

この経験は――「漱石的経験」として知られてしかるべきであろう――新たな地平を開くものだ。それは、文明が世界規模で生成することによって時間を普遍化する際に見られる、文字どおり方向感覚を失わせるような時間認識である。東洋と西洋の両者を知り、かつては中国と朝鮮、いまでは欧米から学ぶことで、自らの文化を作り上げてきた日本は、自らに対して根源的かつ永久に異質であり、過去と現在とのあいだで引き裂かれ、もっとも逆説的なかたちで近代とは何かと問うてきた。そして、そのために、日本文化はおそらくもっとも複雑な観測地点であり、新たな千年紀が予告するあらゆる美学的問題にとって、もっとも生産的な実験室となるのである。

日本の小説は前衛だなどと言ってもあまり意味はなかろう。前衛の概念は、歴史に組み込まれた目的論的世界観を想定しているのだが、このような世界観と日本文学は縁を切っているからである。日本文学は、漱石以降、新旧形式の模倣と拒絶によって自己形成を行ってきた。それゆえ、日本の小説については、前哨に位置していると言おうではないか。それは断裂と転覆の場に身をおくことであり、その場においては、やがて世界のいたるところで思考の地平全体の再考察を迫る重要な問いがすでに表明されているからだ。

二　ポスト・ジャポニスム、あるいは、ネオ・ジャポニスム

あらゆる異国趣味《エキゾチシズム》と同様に、「ジャポニスム」は複雑な文化的現象であり、他者に対する理解と無理解がつねに曖昧な状態で連動している。日本と、その文化、芸術、文学について、十九世紀以降ヨーロッパは、絵葉書のような風景への欲求を満たす怪しげな東洋趣味の神話のなかで自らの立場を強固にするものしか受け入れてこなかった。日本小説のある種の読解も、このような態度に起因する。この点に関して、わたしたちは時代の転換点にいるのだろうか。今日わたしたちは、はたして本当にポスト・ジャポニスムの時代に突入しようとしているのだろうか。

二〇〇一年、ミュリエル・デトリ監修のもとで貴重な論文集『フランス・アジア　文学交流の一世紀』が刊行された。ジョルジュ・ゴットリーブはそのなかでフランスにおける日本の小説の受容について考察し、次のように結論している。「一九八〇から九〇年代はフランスにおける日本の近代小説の黄金時代と位置づけられるだろう。この二十年だけで、一九一一年以来刊行された三〇八冊のうち二四七冊が上梓された。全体の八〇パーセントにも上る驚異的な数字だ。そしてこれまでに翻訳された九七人の作家のうちの六二人、すなわち六四パーセントもの作家が初めて読めるようになったのだ［…］。この翻訳熱の高まりと、日本文化の他の領域の受容が一体となり、第二のジャポニスムを口にすることを可能にするのである[2]」

意味深いことに、新たな日本芸術の旗手を自認する村上隆が、二つの展覧会（〈かわいい夏休み〉と〈ぬりえ〉展）をパリのカルティエ財団現代美術館で開催した際に頼ったのもおなじ表現だった。ただし、西欧の批評家であるゴットリーブの方は、日本文化が二十年来恩恵をうけてきた幅広い熱狂の現象を事実として認めるだけなのに対して、村上はアジアのクリエーターとして、日本の芸術家にはこれまで不利だった力関係をひっくり返すための真の美学的プロジェクトに狙いを定めている。大衆的サブカルチャーの視点から、第二のジャポニスムの代表者たちは美学上の疑問を投げかけ、商業的に競合する西洋芸術を問題にするベクトルを生みだすのだ。

「第二のジャポニスム」という表現はかなりのインパクトがあるから、ここでその意義を問うてみよう。この表現は、日本文化に対するフランスの昨今の傾倒ぶりのうちに、流行による束の間の現象のみならず、新たな形式における近代の可能性を考えた評価をも認めている。周知のように、十九世紀末、〈第一の〉ジャポニスムはヨーロッパの美学史全体に意義を与え、象徴主義と印象主義の絵画や文学に大変革をもたらした。無知と幻想の地平で、画家や蒐集家、作家や知識人は、日本を自らの計画や関心にしたがって自由に再構想したうえで、それぞれのやり方で思いをこらしたのだ。〈第一の〉ジャポニスムが作り上げたように、空想された日本の世界は、ユートピアとしてのあらゆる性格を帯びている。それは、別な時間と空間のなかに位置づけられたどこにもない国であり、太古から続くわれわれには理解できない神秘が生き続けている。そして、その伝統は、われわれとは根本的に異なったかたちの人間的経験に結びついているとされる。このところ日本旅行をきっかけに多くのフランス人作家が本を書いているが、それらを読めば、キッチュな世間のイメージ（芸者、庭園、茶道、哲学めかした禅）が相も変わらずどれほど文学表象全体を支配しているかがわかるだろうし、それは時には暗黙の人種差別にいたるほどだ。

第二のジャポニスムによってこの神話は反転する。日本文化は未来の星のもとに位置づけられ、もはや前近代の象徴ではなくなり、むしろ、いまだ推測段階ではあるが、やがて全人類が突入することになるポストモダンを象徴するものに仕立て上げられる。一九六〇年代、自作の『ヘーゲル読解入門――「精神現象学」を読む』に注を追加したアレクサンドル・コジェーヴは、この決定的な記号の変化を告げたおそらくは最初の人物だった。コジェーヴはヘーゲルが思索した謎に満ちた「歴史の終焉」に新たな内容を与え、次のように語る。「日本と西洋世界とのあいだに始まった相互交流は、けっきょくのところ、日本人の再野蛮化ではなく、西洋人の日本化を引き起こすことだろう[3]」

ポスト歴史は日本的になるだろう、とコジェーヴは予言し、そのことで一種の反神話の基礎を作った。この反神話が近ごろの日本のイメージを形づくっている。その日本とは、来るべき人間の条件を構成する要素とみなされる消費、モード、技術、シミュラークル、ヴァーチャルが主流となる超近代《ハイパーモダニティ》の約束の地だとされる。

神話と反神話

こうして、神話と反神話は、西洋人の心のうちに、日本に関するイメージの分裂を引き起こす。しかし、日本に関する新たなイメージが古いイメージに取って代わったからといって、より確実な真実が保証されるわけではまるでない。というのも、反神話は、神話の対立物というよりは、逆方向の神話だからである。つまり、第二の幻想が第一の幻想に置き換わり、別の夢がこれまでの夢の代わりになるということだ。じっさい、すでにこの新たな神話から、絵葉書的で民俗情緒たっぷりのかたちが導きだされている。要するに、異国趣味だ。

前近代の日本をめぐる神話とポストモダンの日本をめぐる神話とは多くの共通項をもっており、それを確認すると困惑を覚えるほどである。多くの場合、後者はたんなる前者の反転した写しのように見える。最初の西洋人旅行者が明治の日本を発見した時代以来、変化したのは習慣と景観にすぎない。「少女《ショウジョ》」に対するエロチックな憧憬は、かつて「娘《ムスメ》」に対して感じられていたものに置き換わっている。「マンガ」への耽美的な好みは、浮世絵に対するかつての趣向に取って代わっている。「サラリーマン」と「オタク」は、かつての禅僧や侍がそうであったように、西欧人にとっては決定的に異質な人間で、中身が空っぽでどれもが同じような人物なのだ。そうした人間には感情移入できず、西洋の価値に還元することもできないが、まさにそれゆえに、もっとも常軌を逸した投影に適しているのだ。今日、フランス人作家にとっては、祇園や京都の古い街並みの雅趣に富んだ界隈を散策することが、新宿や渋谷といった、新たな東京の夜の界隈を彷徨うことに連なっている。だが根本のところでは何も変わってはいない。ジャポニスムが作り上げているこの決定的な無理解の歴史は、もっとも粗野なかたちも、もっとも洗練したかたちも取り得る。それは柄谷行人が指摘していたように、戦後、日本について語った思想家は、ハイデガーでも、コジェーヴでも、バルトでも、レヴィ=ストロースでも、結局のところ、西欧の自己意識を、日本という不在の場に投影しただけだからだ。こうしてひとつの神話学が構築される。その表現の一例を、ジャン=フィリップ・トゥーサンの美しい小説『愛しあう』（二〇〇二年）に見出すことができる。[4]

日本小説の命運

このように分裂した想像世界によって、日本近代文学は二つの特徴を持つことになる。それはまず、ヨーロッパの作家たちが、異国趣味に満ちた虚構作品の舞台に仕立て上げる国へと注ぐ視線を条件づける。そしてとりわけ、日本近代小説がわれわれのもとにやってくる際の伝達と受容の諸形式を組みあげる。つまり、この想像世界が、日本をどう受容するのか、どう読むのかを口述し、作り上げるのだ。

一世紀前に第一のジャポニスムが用意した前近代的な日本の神話によって、古典文学はフランスに普及したが、その際に日本文学は、世阿弥の能と芭蕉の詩から、川端、谷崎、三島の小説へと続く、きわめて人為的な連続性のもとで括られた。一方、第二のジャポニスムによって二十年ほど前から築かれたポストモダンの日本という反神話は、きわめて明確なやり方で、フィクション映画（北野武）、詩的アニメーション（宮崎駿）、若き小説（村上龍、小川洋子、吉本ばなな）のもっとも優れたものが混ざり合う場としての文化、あらゆる分野（文学、映画、ポピュラー音楽）の交錯地点として新たな才能が現れる場となる文化の発見を後押しした。

しかしながら、現在の現象はポスト・ジャポニスム（西洋によってようやく日本文化が認識されたことを強調している）であるよりは、一種のネオ・ジャポニスム――それによって、異国趣味の視線に特有な、歪曲と摩滅、民俗趣味のすべての効果が、新たなかたちで倍加される――と言うべきであろう。第二のジャポニスムは、容易に国境を越え、世界市場で利益をもたらすようにと構想されたイメージを西洋に向けた体裁に整える。アーティスト村上隆、写真家の荒木経惟、作家の村上春樹はこの点を完璧に理解して、ヨーロッパやアメリカをめざしたマーケティング戦略を展開することで、受け入れ可能な日本のイメージを売り込み、自分たちの作品を認めさせるのだ。

おそらく、ひとは異国趣味を完全に逃れることはけっしてできないだろう。新たな伝説を生み出す危険性があるとしても、第二のジャポニスムは少なくとも古くさい神話のスクリーンを打ち破り、西洋の読者にしばしば驚くほどに豊かな作品群を明らかにする点では紛れもなく価値あるものである。とはいうものの、このように構成された日本文学のパノラマはその大部分がだまし絵のままであり、西洋の目からみれば、作家は、批評の視界全体の環境を規定している二つの競合する神話のうちのいっぽうに加担することによってのみ、存在する権利を手に入れられるのだ。したがって、川端康成の日本と村上春樹の日本とのあいだに、それとは異なる日本小説が発見されるのを待っているのである。

三　もうひとつの日本小説へと向けて

「日本の小説をどう読めばよいのか」とかつてエティアンブルは問うていた。[5] これは今でも有効な問いだ。というのも、たいていの場合、日本文学は世に言う社会学的、民族学的価値の最小公分母に制限された状態でしか、西洋の批評に受け入れられていないからだ。しかし、日本小説の本当の奥行きと向き合い、現下の偉大な作品の独自性を捉えるためには、このような先入観と手を切らなければならない。

今日の日本人作家とは何か？　マルグリット・ユルスナールは、三島由紀夫に関する模範的なエッセイの冒頭をこのような問いで始め、それに次のような言葉で答えている。それは「激しい西欧化の波に洗われつつも、いくつかの普遍の特徴を刻印されている日本」という国の「代表者」であり、「証人」であり、「殉教者」のことである、と。[6] この定式化はきわめて普遍的な価値を持っており、二十世紀の日本人作家で（漱石から川端、谷崎や太宰を経て、その先にいる作家まで）それがあてはまらない作家はほとんど一人もいない。ボードレールにとってのエドガー・ポーのように、あるいはユルスナールにとっての三島のように、外国の大作家は、セリーヌがこの動詞に与えた意味において「受肉する」ために存在する。より正確に言えば、その作家が生まれた世界、ヨーロッパの視線から見て、その作家が属すその世界を「受肉する」ために存在するのだ。

日本文学の場合は、ユルスナールがみごとに書きとめた批評の見解が示すように、伝統と近代《モデルニテ》がないまぜになった文明が必然的に示す表現となる。そして日本の小説はどれも、こうした解釈に結びつけられ、それに従って読まれ、繋ぎとめられ、あるいは遠ざけられることになる。こうして日本の作家は、往々にしてその作品の「日本らしさ」によって評価される。つまり、それ自体、徹底的に歪んだ読解にもとづく異国趣味の眼差しが作り上げた虚構でしかないような、ある種のモデルに適応するかどうかによって判断されるのだ。だが、これ以上の堂々巡りがあるだろうか。

手持ちの札を少々複雑にする気になりさえすれば、近代日本文学の真の多様性とその真の意義を、よりよく理解する機会が生まれるのではないか。まず、日本には複数の伝統と複数の近代があり、それらが、文学作品のうちで相互に矛盾した逆説的な関係を持ちうることを理解すること。そして、文学の特性がポンジュ[7]の言うように「言葉に抗して語る」

ことにあるとするならば、日本の小説は自国の文化を顕揚するというよりも、むしろそれを批判的に検討していることを認めることだ。

複数の伝統

ひろく流布した先入観がある。時代を超越した日本がもつ純粋な魂なるものがあり、伝統（儀礼、宗教、祭祀など）によって、原初から由緒正しく保存されており、偉大な日本文学は、それを小説として、あるいは詩として多様に翻訳しているというのだ。しかしこのような考えは、日本の国家主義によって後から捏造されたイデオロギー的な虚構に依拠しているのみならず、近代の日本小説についてのあらゆる読解を歪めてしまう。そして、この仮説がもっとも的確にあてはまるように思われる作品すらも、理解できなくしてしまう。川端や三島の作品がそうだ。二人とも失われた日本を引き合いに出している（川端はそれをもの悲しく嘆き、三島は攻撃的にそれを修復しようとする）が、彼らの作品は複雑な美学的構成に依拠しており、古代日本への言及が意味を持つのは、文学的前衛主義と哲学的虚無主義のもっとも極端な形式に通じた思想によって逆説的に近代化されることによってのみだ。

さらに、このような考えでは、永遠な日本という虚構に抗して書かれた最近の作品が

——それらは、皇国の伝統に、競合する周縁的な伝統を対置させることを躊躇《ためら》わない——理解できなくなってしまう。典型的なのは、現代の日本文学においてきわめて重要な作品を発表している二人の突出した作家、大江健三郎と中上健次の場合だ。二人はともに、自分たちの作品のなかで皇国日本の伝説に一種の反神話を対置させている。そしてその反神話のなかでは、差別を受け、切り離された共同体（大江作品では四国の深部にある反逆の村、中上作品では熊野地方の路地に閉じこもった部落民）をめぐる想像の世界を出発点として、彼らの内奥の夢幻的光景が繰り広げられるのだ。大江と中上の身振りは、分かちがたく政治的かつ詩的である。小説は、純粋で永遠な日本というイデオロギー的な虚構を粉砕することで、国家に対してその問題をはらんだ在り方を意識させる。作品は、自然主義的な規則にも、共同体主義的な要求にも依って立つことなく、真に多声的な実践へと開かれており、それによって、西洋近代が展開してきた大いなる経験へと近づくのである（ジョイスやフォークナーがそうだが、帝国の周縁——アイルランドやアメリカ南部——でこそ、個人の歴史と集団の歴史とが混じった、ある種の内的な叙事詩が再創案される）。

もうひとつの日本、ある種の反日本のイメージが、こうして作り上げられる。小説は、多元的で無秩序な記憶を我がものとしながら、抑圧された旧弊な過去に由来した言葉による異議申し立てを浮かび上がらせる。そして国家の歴史をその余白から、あるいは排除された者たち——部落民、被爆者、在日韓国人、北海道や沖縄の住人たち——の視点から再検討するようみちびくユートピアを築くのだ。西洋ではしばしば日本趣味の神話によって忘れ去られているが、大江と中上以降、このような小説の態度は、国家的イデオロギーの重みを免れて、より開放され、より自由な世界の地平に組み込まれるべく周辺へと眼を向けた文学にとって、おそらくは主要な特質の一つをなしている。だからこそ池澤夏樹や津島佑子は、自分たちの物語を、太平洋の神話や、アイヌの伝承のほうへと振り向けるのである。

複数の近代《モデルニテ》

日本における近代の概念もまた、伝統と同様、一枚岩ではない。近代に関する複数の競合する考えが共存し、その相互作用が近代小説の複雑な性格を作っている。十九世紀後半に開国して以来、近代という問題は国民の想像力の中心にあったし、文学史の流れをまちがいなく決めていた。それは、たがいに両立せず反目しあう諸々の企図を駆り立てたのである。日本人とは何かという問いを、知識人たちは長年にわたって考察してきたが、その際に議論の中心となったのは、近代が西洋の純然たる模倣を意味するのか、それとも、この模倣はたんに日本特有の原理と価値の再生のための束の間の条件であるべきなのかという点であった。すでに一九三〇年代には、最初の「ポストモダン」理論とも見える考えが東京の文壇に現れたが、それはそもそもこうした観点からであった。その際に、「近代の超克」の欲望とは、反骨精神の崩壊を意味し、権威への知的・政治的服従を意味し、最悪の場合はファシズム体制への無条件の賛同となったのである。

それ以来、民主化や発展によって、二陣営の境界線はその位置を変えたが、一つにまとまった近代像が浮かび上がることはなかった。たしかに、日本には批評の近代というものがある。ファシズム、戦争、広島と長崎の経験から生まれ、その教訓に徹底的に忠実でありながら小説の技法を考えようとする。西洋哲学（マルクス主義、実存主義、構造主義）を吸収したこの文学は、思想、反抗、社会参加《アンガジュマン》といった困難な星のもとに身をおいており、その中心的な代表者が大江健三郎であろう。しかし、現在日本のシーンを注意深く観察する多くの人たちの言を信じるなら、こうした近代の概念はいまや過去のものとなっている。ここ二十年来、もうひとつの文学がそのあとを継ごうとしており、歴史を徹底的に忘却しつつ、大量消費社会の働きに適合した大衆文化の動きそのものと共振しているのだ。伝統を拒絶するこの二つの異なる形式を混同することは、その断固とした対立と真の断絶を無視するに等しい。その断絶は、村上春樹の世代と大江健三郎の世代を切り離しているのであって、そのため大江は、新たな作品群の脆弱さを手厳しく批判している。それらが政治に無関心で参加せず、思春期を過ぎてもサブカルチャーのただなかで生きることに満足している若者たちの生き方を描いているにすぎないからである。

文化の異議申し立て

現代日本小説は、複雑で混然としているがゆえに、きわめて強い喚起力を備えている。今まさに世に出ている真正な作品群はどれも、近代と伝統とがおりなすゲームのうちに身を投じながらも、そこに作家独自のしるしを書き込むことで、このゲームの位置を変え、乗り超え、混乱させようとしている。このことは、第一線にいる四人の小説家にもあてはまる。日本では「内向の世代」の代表と見なされている古井由吉の小説（『杳子』、『聖』）は、日常と幻想的なものの周縁に位置し、近代世界の心的で社会的な内奥に横たわる、太古の混乱と神秘を探求する。津島佑子は、その作品（『夜の光に追われて』）のなかで、女性による個人的エクリチュールの伝統を再発見しつつ、それに文字通り小説的な次元を与え、伝承と夢の奥底で繙いている。池澤夏樹の作品（『骨は珊瑚、眼は真珠』『南の島のティオ』）は、幻想と驚異の境目に位置し、知と聖なるものとの関係について問いを立て、人間的なものに新たな場所を見出だすために、あらためて世界を再魔術化しようとしている。堀江敏幸が示すのは、若き日本文学もまた、きわめてアクチュアルな世界と、その多様性とその詩情《ポエジー》に注意を払いながら、教養豊かで幻想的な作品を生みだせるということだ。

真の作品はけっして、自分の（社会的、歴史的、政治的）現実に無関心なままに、虚無のなかで花開いたりはしないものだ。しかし、現実の唯一の正しい翻訳であるような作品もまたありえない。それゆえ、日本の小説を読むとき、それを純然たる証言だとか、たんなる徴候として考えることをやめなければならない。そうではなく、言語、信条、政治思想などの厚みのうちに、絶対的に独自で自分自身のものである道を拓こうとするひとりの個人の、十全で真正な経験こそを読み取らねばならないのだ。

---

1 『漱石文明論集』「断片」明治三十四年四月頃（岩波文庫）。ただし、校訂本に見られる、判読不明な箇所を、フランス語原文にそって訳出した。

2 Muriel Détrie (dir), *France-Asie, Un siècle d'échanges littéraires*, éditions You-feng, 2001. ジョルジュ・ゴットリーブは日本研究者。引用は、前掲書所収の Georges Gottlieb, « Jalons pour une histoire des traductions françaises du roman japonais moderne en France au XXe siècle », p. 91.

3 アレクサンドル・コジェーヴ『ヘーゲル読解入門——「精神現象学」を読む』（上妻精・今野雅方訳、国文社、一九八七年）

4 ジャン＝フィリップ・トゥーサン（一九五七— ）はベルギー出身のフランスの小説家・映画監督。『愛しあう』（野崎歓訳、集英社）は、フランス人カップルが新宿と京都で愛の終わりを泥沼的に生きる小説。

5　ルネ・エティアンブル（一九〇九―二〇〇二）はフランスの作家、言語学者。出典は René Etiemble, *Comment lire un roman japonais ? (le Kyoto de Kawabata)*, Eibel /Fanlac, 1980.

6　マルグリット・ユルスナール（一九〇三―一九八七）は、フランスの小説家。三島由紀夫を高く評価し、その評論『三島あるいは空虚のヴィジョン』はフランス語圏で大きな影響力をもつ（『ユルスナール・コレクション　五　空間の旅・時間の旅』澁澤龍彦ほか訳、白水社、二〇〇二年所収）。

7　フランシス・ポンジュ（一八九九―一九八八）は、フランスの詩人。この考えは一九四八年に発表した Proêmes で述べている。

薄闇の海のうえで　大江健三郎と津島佑子

二人の小説家——大江健三郎と津島佑子——がひとしくわたしたちを誘うのは、「薄闇の海」のうえをはしる、どこまでも輝きに満ちた航海である。彼らの書物は、作者が生きる暗闇のただなかに、二本の光の航跡を切り拓く。津島は次のように書く。「あるものをみとどけるためには、眼をつむらなければならない。眼をとじて、息をしずかにととのえる。眼のなかにのこっていたかたちやいろがきえていき、薄闇が海のようにひろがる[1]」。そして言い添える。この闇のなかで「べつの時間からも、声がきこえてくる[2]」と。

なぜ二人の文学作品を結びつけるのか。それは大江と津島の人生に、おぞましきものが力ずくで押し入り、それまでとはまったく別の言葉が必要だという思いをかき立てたからだ。事実は単純であり、単純であるがゆえに耐え難いものだ。一九六三年、大江の長男が誕生。赤んぼうは重度の知的障害を引き起こす頭蓋骨異常を患っていた。一九八五年、津島の息子が急逝する。八歳だった。こうして苦悩はどちらの場合も筆舌に尽くしがたい地点にまで達したのであり、この不可能なことの経験によって——もっとも親密な情愛において傷ついた個人は、自分の生き方をすぐさますっかり変えねばならなかったのだ。

小説というものは、こうした転換のあかしを刻む場所となるだろう。どの書物も、理解を越えた表層の世界に突如穿たれた深淵を、執拗なまでに探求するのだ。思考も怯むこの名もなき真実を語るためには、虚構による逆説的な回り道をせねばならない。現実についての、直截で生のままのビジョンを失わないためには、文学の言葉と、その技巧、その計略がなくてはならない。茫然自失とした沈黙の時間を経てふたたびペンを執った津島は、次のように書く。「今の世では、子どもの死や他の過酷な死を、わざわざひとつの物語として語り聞かせなければならないほど、そうした死は日々の暮らしのなかで忘れられたものとなっています[3]」

だからこそ二人の作家は、すべてがそこから生じ、そこへと帰する、あの冷え切った瞬間を繰り返し語らねばならないだろう。大江の仕事は未来へと開かれ、息子の比重が作品ごとに増してゆく。この崇高なる知的障害者は、理性《レゾン》を欠くことで、世界の容赦ない愚か《デレゾン》さを暴き出す。いっぽう津島の仕事は、朽ちることのない過去に身を沈めてゆく。そして、もっとも内的な次元で踏査されるこの過去のうちでは、亡くなった少年の言語を絶した痕跡が、召還される瞬間ごとに立ち戻ってくるのだ。運命に対して皮肉をかえすように、大江は息子を「光」と名付けることにした。津島の最新作の語り手は、息子の広大を「サニー・ボーイ」になぞらえる。こうして、推し量ることが何にもまして困難な不幸の暗闇から、微笑みをたたえた燦々たる輝きが放たれる。説明のつかないその輝きは、一文一文を煌めかせ、ページを追うごとに、現代文学でもっとも忘れがたい子どもの肖像をふたつながらに陶冶するのだ。

すこしずつ、すべてが揺らぎ、変容して、新たな意味を獲得する。経験は、わたしたちが世界に生きるそのかたちを歪め、変化させる。『万延元年のフットボール』（一九六七年）の語り手は、自分の身に雪が降りかかり、一刻一刻のかわらぬ流れが途切れるのを目の当たりにする。それに伴って、あのしんしんとした時の鼓動が耳に届くようになる。

「この一秒間のすべての切片のえがく線条が谷間の空間に雪の降りしきるあいだそのまままずっと維持されるのであって、他に雪の動きはありえないという不思議な固定観念が生まれる。一秒間の実質が無限にひきのばされる。雪の層に音が吸収されつくしているように、時の方向性もまた降りしきる雪に吸い込まれて失われた[4]」

この音のない喧騒は津島の耳に共鳴する。眩暈にとらわれた彼女は、宇宙と精神と生命の大いなる運動に絡めとられる。無慈悲に淡々と日に日を重ねてゆくその運動は、津島を息子の記憶から絶えず遠くへと隔ててゆくのだ。

驚くべきことに、経験は自分の殻に閉じこもりはしない。苦しみは、それ自体で完結した見せ物《スペクタクル》を得々として作り上げたりはしない。反対にそれは、人間の悲劇のすべてを再演できるような言葉の空間、思考の舞台の限界を見定めるのだ。意味深長なのは、悲劇の直後、大江と津島はともに、象徴的な苦悩の場、記憶に新しい歴史の惨禍にとりつかれた場所に目を向けていることだ。大江は広島に足を運び、内省的で混乱したテクストの素材を持ちかえる。津島は長崎巡礼におもむき、死んだ子どもたちが陽気なコンサートで息子を迎え入れてくれるさまを奇妙な夢に見るのだった。

生きられた経験というものはさらに、時の上流へと向かう、目を見張るような遡航とその実現へと通じていて、それは最大の騒音と怒りを凝縮させた一九四五年夏の日々をも越えてゆく。『M/Tと森のフシギの物語』(一九八六年)の大江は、生地四国に伝わる古の神話の書記となる。この古の記憶による物語ひとつひとつのなかで、大江は作家としての自分の使命に関わる神秘的な象徴を掘りさげ、そしてついには、かつて自分が叙事詩を通して味わった、遙かな、神話上の聖なる英雄たちの再来を息子のうちに見出すのだ。知的障害を抱えた子どもが明かすのは、作家となった大江自身を解く鍵である。夢の時間と生の時間がたがいを照らし出すように、過去と現在、昔話と小説は、一方が他方の意味を明らかにするのだ。

このアプローチは津島の作品でもほぼおなじである。『夜の光に追われて』（一九八六年）では、津島が自分の喪の物語に十一世紀王朝文学の古典『夜半の寝覚』――テクストには津島が手を加えている――を混ぜ合わせている。この作品は、ふたつの物語をあわせて編み上げ、たがいを巧みに入れかえ、かつての女主人公と今日の女主人公とが、月明かりのさす、雪下の柳の景色のなかで邂逅するという、驚嘆すべき結末で締めくくられる。著者の声は、彼女以前にほかの作家たちが体験した物語の深淵に響きわたり、木霊となって彼女のもとに帰ってくる。

このような構成上の工夫が何の役に立つというのか、という問いが出されるかもしれない。なぜ内奥の悲劇を表現することが、これほど巧緻な筋立てを前提としているのか、と。心理や物語叙述をめぐるわれわれの慣習のそとで書かれているために、日本の小説は西洋の読者を惹きつけ、途方に暮れさせる。そしてフランス人作家には、自らの実践について自問するよう強いるのだ。

真に勇敢で、いっさいうわべを取り繕わない、謙虚さと皮肉をそなえたこれらの書物は、その自伝的な側面を積極的に受け入れるいっぽう、誰の眼にも明らかな文学の力によって証言の域を超越している。それらは一緒になって思考とパトスの挑戦に応じているのだ。

書物はもっとも恐ろしい直接性のなかで現実と対峙するが、その現実を微塵も解体することなく、非現実の境において夢の言語に組みいれるのだ。恐怖に同調せず、また屈することもなく、これらの書物はわれわれを「薄闇の海」へと導いてゆく。しかし、魔法をかけられたかのように、小説という代物は、唖然とさせるような、平穏で、恍惚として心揺さぶる「光の領分」へと変貌させる。

『大いなる夢よ、光よ』(一九九一年)がフランス語に訳されたことは僥倖であり、これを読まない手はない。ひとりの女が、人生をめぐる夢のなかを倦むことなく歩いている。毎夜、ひとりの子どもから、ここに来い、と言われるが、そこには行けないことが彼女にはわかっている。それが叶うのは、夜が明けて、役に立たないページを、いくつもの記号《シーニュ》で覆いつくすことによってでしかない。小説とは、驚嘆と幻覚にとらわれた、耐え難くも甘美なこの散策である。それは、謎めいた書き割りのなかを抜けてゆく営みなのだ。彼女はそこで曖昧な記号を求めてゆく。それはつねに何らかの不在を表しているが、ときとして、そこかしこで驚くべき光に満ちた人の影を感知させることもある。津島は書いている。「わからないことは、わからないままにしておいてもいいのだ。[…]わかりたいと思うから、わかるというものではないのだろう。自分にも、もしわかることがあるのなら、なんらかの方法でそのようになるのかもしれない。どんなことでも、どんなものでも、きっかけになりうるとも、思った。だとしたら、あらゆることに注意深く気を配っておかなければばならない。きっかけを見逃したくないと思うと、どんなことも頭から否定する気にもなれなくなる」[5]。これが小説のはたらきであり、記憶のそれなのだ。

---

1 津島佑子『大いなる夢よ、光よ』講談社、一二二頁。
2 同書、一三七頁。
3 津島佑子『夜の光に追われて』講談社文芸文庫、四六頁。
4 大江健三郎『万延元年のフットボール』講談社文芸文庫、二四一頁。
5 津島佑子『大いなる夢よ、光よ』、二八頁。

大江健三郎の小説をめぐる最初の覚え書

一

その名前は、フランス語だと、呼びかけのように響く。「おおえ」と声に出すと、明るく歓喜に満ちた木霊が戻ってくるような気がする。

二

昨年の冬は、森に囲まれた渓谷にある村で一週間の休暇をすごした。娘は三歳になったばかりだった。わたしたちはしばしば庭の砂利からわずかに高い縁石に腰をおろした。家の立地のせいで、すこし大きな声を出すと、山腹にあたって反響する。子どもでも大人でも、しばしそれを楽しむことができるのだ。頭をあげ、息を深く吸って、遠くにぼんやりと狙いを定めて、声を投げかける。するとその声は、石や樹木にめぐりあって濃密になり、駈けぬけた大気の厚みで膨れあがって返ってくる。

あの冬の朝以来、わたしの人生にはたくさんのことが起きた。特筆すべきは、大江健三郎の小説を読んだことだ。

三

日本や日本語について何の知識も持たない西洋の読者にとって、大江の作品群は、どうしようもなく断続的で、欠落したテクストという様相を呈する。読みたいと願う本の大半は、おそらくこれからもわたしの書架に並ぶことはないだろう。理解できる言語への翻訳の助けを借りたとしても、手に取れるものはあまりに少ない。昔も未来も、翻訳作品との出会いが不確かで運まかせなのは、考古学的発見と同じだ。ガリマール社からは、確固たる順序もなく、断片や抜粋のように彼の書物が刊行されていく。時として道筋が見えるようにも思われるが、それは偶然でしかない。もちろん、わたしはゴードン・スクエアの小さな庭園を横切ってマレット通りを進み、ロンドン大学東洋アフリカ研究学院に入って、図書館の扉を押すこともできる。請求番号の文字や数字を頼りにして、長編小説、短編小説、評論、エッセイからなる数十冊の大江健三郎の日本語の著作を手に取ることもできる。偶然に任せて一冊を取り出し、欧文の本とは逆さまにめくっては読んでいるふりをして、規則正しく濃密に並べられた縦書きの文字を、ページからページへと目で追っていくこともできる。だが視線は、連なる記号のどれにもひっかかることはない。

　このような日本語に関する無知は、ひとつの贈り物でもある。理解するという当然の状態から解放してくれるからだ。本来の読書がもっている驚きに満ちた快楽を味わうことができる。道標の立った小道に沿って作品を進んでいく義務を宙吊りにしてくれるのだ。テクストの意味を正確に理解させてくれるはずのものはすべて、手の届かないところにあることが、静かに明らかにされる。こうして、読書の戯れがふたたび始まる。半ば空想された場面と、半知半解の言葉による戯れだ。日本語を解読できないために、より明白になることがある。かつてプルーストが語った真実だ。「美しい本はみな一種の外国語で書かれている。読者は単語の一つ一つに自分なりの意味、あるいは少なくともイメージを込めるが、それは往々にして意味を取り違えたものだ。しかし美しい本の場合には、そのような意味の取り違えがすべて美しいものとなる[1]」

　言語間に穿たれた距離は、たんなる障壁ではなくなる。むしろ、いつもとは違った仕方で楽に呼吸ができる真っ白な空間が開かれるのだ。取り違えを余儀なくされても、わたしはひたすら迷い続けるわけではない。むしろ、想像力の赴くままに異なる道をたどることができるのだ。意味の戯れは終わらないが、より繊細になる。積極的に受け入れた間違いによって、ときには真実が現れることもある。読むすべを知らないことが今日のわたしにとっては宝物であり、幸運なのである。

四

小口が埃で黒ずんだ一冊の本を、わたしは書架から取りだす。十数年来、開くことのなかった本だ。手にしているこのエッセイは一九八〇年に刊行された。だとすると、出版直後に読んだにちがいない。フランス語圏の偉大な女流作家が、もっとも有名な日本人作家の生と作品を論じている。その一ページ目には、次のように記されている。

同時代の大作家を論ずるのはつねに困難である。距離を置いて眺めることができないからだ。その作家が、私たちの文明とは違った文明、エキゾティシズムの魅力あるいはエキゾティシズムへの警戒心を掻きたてるような文明に属している時には、その困難はなおさらである。三島由紀夫の場合がそうであるように、彼自身の文化の要素と、彼が貪欲に吸収した西欧文化の要素、つまり私たちにとって月並みなものと、私たちにとって奇異なものとが、作品ごとに違った割合で混ざり合っており、その効果や出来映えもまちまちである時には、さらに誤解の可能性は増大しよう。とはいえ、多くの作品を書いた彼をして、これまた彼と同じく激しい西欧化の波に洗われつつも、いくつかの不変の特徴を刻印されている日本という国の、まぎれもない代表者たらしめているのは、この混合にほかならないのである。三島のなかの伝統的日本人としての分子が表面に浮かびあがり、死において爆発したという経緯を眺めれば、逆に彼は、いわば彼みずから流れに逆らって回帰しようとしていたところの、古代英雄的な日本の証人、言葉の語源的な意味における殉教者ということにもなろう[2]。

反対側の白いページに、わたしは次のようなメモを残している。

一、同時代の大作家を論ずるのはつねにたやすい。過ぎ行く時間はまったく関係ないのだ。時は真実を強調することもあれば、覆い隠すこともある。しかしその真実は、最近の作品においても、最古の作品においても、つねに現在時で語られる。

二、誤解はひとつの幸運である。その幸運は、小説が対話であろうとする度合いに比例して大きくなり、あるいは、ありきたりなものと奇妙なものとが絶えず場所を入れ替えるような戯れのなかで、小説がその語りと表現形式を混ぜ合わせる度合いに比例して増していくのだ。ヨーロッパの読者にとって、ジョイスのダブリンやセリーヌのロンドン、プルーストのパリは、世界文学に描かれたもっとも異国的《エキゾチック》な場所だ。おなじように、日本の主要な小説がわたしたちにとって謎めいているのは、場所の偶然のせいではなく、文学作品としての本質に起因する。

三、作品が自分の住まう世界の真実をどれほど語っていても、それが証言するのは、ただ自分のためだけなのだ。作家が「時代の証言者」となるのは副次的でしかない。むしろ時代こそが、彼らのために証言するのだ。作家は時代を法廷に呼び出し、その形象と輪郭、シルエットと夢想とともに物語のなかに呼び起こす。その突出した逆説《アイロニー》や学識において、作家はいかなる集団に対しても説明責任はない。作家が代弁するのは、死にゆく社会でも、誕生する社会でもなく、また、近代国民のドラマの舞台とされる、その両者の間のお手頃な矛盾ですらない。

四、いつの日か大江健三郎が切腹することはまずありえまい。短剣の切っ先を押しつけて臓腑をぶちまけ、門弟が乾いた正確な刀の一振りでその首を切り落とすことなど。頭部が「行動の川」に揺られ、運ばれてゆく「漂流物」になることなどないだろう。彼の作品が放つ威信と輝きのために、いつの日か大江が「英雄的日本の殉教者」となってしまうかもしれないが、いまのところ大江健三郎は東京で達者に暮らしている。

五

したがって、大江の創作の根源に、矢で突き刺された甘美な若者の肖像［聖セバスチャン」を見出すことはできないだろう。登場人物たちの身体に与えられる苦悶に、劇的さは見られないのだ。崇高にたどりつくためにはむしろ、滑稽さという回り道を経ねばならない。恬淡として自らの風貌に無関心な大江は、しばしば自分を老いぼれた太っちょのピエロの姿で描き出す。彼にとって、肉体はゴム風船なのだ。脂肪がゆっくりと風船を膨らませていき、ある日、太って滑稽な、場所ばかりとる肉の服をまとって、わたしたちは目を覚ます。太っては痩せ、痩せては太る。そして、外見の滑稽な変化にも慣れてしまう。どっしりと膨れあがった身体は、途方もない空間を占めているが、それが束の間でしかないともわかっているのだ。

というのも、大江の書物では、殺人や自殺も頻出するからだ。彼らはすすんで自分の頭を吹っ飛ばし、首を吊るが、その際に念入りにも、あらかじめ口紅で化粧をしたり、豪奢な衣装を身にまとったり、自分の肛門に長いキュウリを突っ込んだりする。愛する女の頭蓋骨は、石で何度も打たれて砕けてしまう。もっと月並みなところでは、自分の命を奪えとばかりに、ガン細胞に身を委せる。これらの死のいずれにも、訳や理由を見出す必要はない。死は不条理ですらないのだ。不条理とても、死の意味を指し示すひとつのやり方なのだから。

死ぬことの確実さ、これはありふれたことだ。作品がそれをはっきりと述べている。とはいえ、その確実さは、普遍的な事例としてではなく、独自なものとして扱われねばならない。一九六四年に刊行された『個人的な体験』は、大江健三郎の仕事の出発点だが、作家は自分の経験した試練を登場人物に体験させている。当時、大江は二十九歳、もっとも注目される日本の若き知識人のひとりだった。妻が第一子を出産、ところが、赤んぼうは、ひと目みた助産婦が叫び声を上げるほど醜かった。頭部が大きな瘤で盛りあがっていて、それがヘルニアなのか脳腫瘍なのかは医師たちにもわからなかった。この子は生き延びることはできないだろうと誰もが思った。出生証明と死亡証明がいちどに書かれるにちがいない。ところが、なぜか子どもは、誰ひとり信じていなかった外科手術に耐えて、知的障害を負いながらも生きながらえることになる。

大江の小説は、主人公を円環のなかに閉じ込める。そのなかで、主人公は我を失い、病みつつ、さすらうのだ。この若い父親はウィスキーに溺れ、職を失い、実現不可能なアフリカへの旅立ちを夢想し、くだらない人生に執拗にしがみつく我が子を殺すことをもくろむ。崇高さも悲愴さも、あるいは想像できるそれらの反転した影も、この物語のなかではふさわしい場所に置かれることがない。物語には意味がぎっしり詰まっているが、きわめて暴力的な簡素さで紡がれる。

大江は、不幸に苛まれながらも毅然と振る舞う主人公のすがたを示しながらも、読者を感動させようとはしていないように思われる。主人公には人間らしさがほとんど見られない。妻をほったらかし、妻の家族を避け、ウィスキーによって得られた束の間の休息を用いて、昔の女と野蛮な性交をしたりする。息子の誕生によって、その場にはふさわしくない考えが浮かんでくる。そのちいさなペニスを見つめ、ひろげられた妻の性器を想像していた彼にとって、欲望は顔をしかめさせる喜劇のように立ち現れるが、それは人間というもののあらゆる悲惨さや、それを免れた連中は見て見ぬ振りをするほど重くのしかかる不幸と結びついている。

これほどの試練を受けた人間は、どこに救いを見出すのだろうか。物語の最後にいたって、この小説はすべてのフランスの読者にはお馴染みの演劇的修辞《レトリック》を繰り広げている。若き作家が、学生時代にジャン＝ポール・サルトルについて卒論を書いたことが思い起こされる。彼の枕頭の書は『蠅』や『出口なし』だった。つまり、作家はよく知っているのだ。人間は自由の刑に処せられていること、選択の一つ一つが自分の存在全体を賭ける《アンガジェ》こと、栄光か下劣さか、悪か善かという問題は、個人が悲劇的かつ崇高な仕草で自らに与えるのであれば、まったく重要ではないということ、宿命は、人間が自らの運命を作り上げる力を奪いはしないこと、などなどを。

かくして大江は、美徳と情念をめぐるありきたりの悲劇が展開される舞台を準備する。登場人物は仮面を身につけ、サルトル的な言葉を話すのだが、そこにはコルネイユ風の調子が透けて響く。フランス語訳は、腹話術によるこの芸当をきわめて正確に移している。大江の主人公はエゴイズムから「下司野郎」になることを選択して、自らに嘘をつく。彼がそうありたいと望むのは、「無実の被害者」であり「運命にもてあそばれる善良な男」だ。そして、誰しも自分の在り方に責任を負っているということを認めることを拒み、幻想と自己欺瞞うちに逃避する。他の連中が子どもを殺してくれるだろう、自分は「きれいな手」のままでいようなどと考えるのだ。しかし、きわめて修辞的な逆転が起こり、事態の意味は暴力的に反転する。逃げ道はないのだから、「怪物になるか天使になるかを選択する勇気」を持たなければならない。ゲッツ〔サルトルの戯曲『悪魔と神』の主人公〕は悪魔と神とのあいだで、運命のさいころを振り、自らの実存の空虚な自由を引き受けることを大仰に宣言する。同様に、予想のつかない豹変のなかで、『個人的な体験』の主人公は本当の自分に出会おうとする。第一幕で鳥《バード》は、息子を病院から連れ去り、怪しげな医者によって我が子の執拗な生に終止符を打ってもらおうとする。ところが、第二幕では思い直し、息子を病院に連れ戻し、結果の不確実な手術を受けさせるのだ。

　小説の刊行当初、三島由紀夫は大江を現代日本文学の頂点に位置づけることを躊躇わなかった。とはいえ、『個人的な体験』の「ハッピーエンド」を揶揄することも忘れはしなかった。[3] 当時の批評は総じて三島と同意見だった。いずれにせよ、作家は絶望しているように見えたほうが得なのかもしれない。そして大江自身、あとになって、批判者たちが正しかったと認めることになる。『懐かしい年への手紙』（一九八七年）（これはおどろくべき自伝的虚構である）のなかで、大江は『個人的な体験』の結末部分に手を入れ、削除し、修正を施すことで、より不確かで曖昧な性格を与えた。[4] じっさい、大江が持ち出した実存主義色の濃い意外な結末はすんなりと受け入れるのは難しい。絶好のタイミングで、主人公は本当の自分になるという壮大で慎ましやかな義務へと呼び戻されるからだ。操り糸は見えてしまうほど粗雑だ。だがそれは、ある瞬間にわれわれの人生を織り上げていることとが見えてしまう運命の糸以上に粗雑なわけではない。じっさい、粗野で猟奇的な現実は、若妻の腹から恐ろしい存在を出現させたのだ。頭蓋がふたつ、ぞっとするように重なったような頭部をもった子どもだ。だからこそ、フランス人哲学者による重厚で教訓的な論証によって、若き日本人作家は狂気と恐怖から救われようとしたのだ。

しかし、読者の琴線に触れるのは、こんな大仰なかたちでの救済よりは、物語の内部に響く間歇的なざわめきのほうだ。ウィスキーを飲み過ぎて二日酔いとなった、やる気のない予備校教師である主人公は、学生のまえでふらつきながら、英語のリーダーをぱらぱらとめくる。文法的な難しさを基準として選ばれたアメリカ文学の短い章節の集成だ。とはいえ、暗黒な人生のただなかでさえも、『日はまた昇る』や『アフリカの緑の丘』から取られたヘミングウェイの文章は、救いをもたらし、いつものように光に満ちていることをやめない。

潮は半分ほどひいているところだ。浜はでこぼこがなくてかたく、砂が黄色だ。更衣所にはいって服をぬぎ、水着を着て、なめらかな砂のうえを海へ歩く。はだしでふむ砂が暖い。海の中にも浜辺にも人影は非常にすくない。ずっと向こう、コンチャのみさきとみさきが相会わんばかりになって港をつくるあたりに、砕ける波の白い線があり外海がある。ひき潮だが、ゆるやかな大波がすこしある。水のなかをうねるようによせてきて、水の重みをかき集めては、やがて暖い砂の上に、静かにくだける。水のなかに足を入れる。水が冷たい。[5]

慰めは、ふと思いついた、かなり突拍子もないイメージから生じる。鳥《バード》が血のにじんだ脱脂綿に頭をうずめた子どもを初めて眼にしたとき、思い浮かんだのはフランスの詩人だった。

おれの息子は戦場で負傷したアポリネールのように頭に繃帯を巻いていると鳥《バード》は考えた。おれの見知らぬ暗くて孤独な戦場でおれの息子は頭に負傷したのだ、そしてアポリネールのように繃帯をまいて声のない叫び声をあげている……

唐突に鳥《バード》は涙を流しはじめた。アポリネールのように頭に繃帯をまいて、というイメージが鳥《バード》の感情を一挙に単純化し方向づけていた。鳥《バード》はセンチメンタルでぐにゃぐにゃの自分が許容され正当化されるのを感じ、自分の涙に甘い味すら見出した。おれの息子はアポリネールのように頭に繃帯をまいてやってきた［…］。[6]

女たちの腹は、母親たちの性器は、闇に包まれた未知なる戦いが繰り広げられる戦場なのだと、大江は続けている。そこでの生は、死が育む幻想だ。生物学的なつとめに専心する子宮は、諸器官を作り上げて四肢を整えるが、そこには予定された解体もまた組み込んでいる。こうして身体は、もうひとつの「シュマン・デ・ダム」[7]を運命づけられている。

静寂につつまれたその激戦地では、すでに身体が切断され、解体されているのだ。生まれ落ちる以前に、赤んぼうはすでに、遠くシャンパーニュ地方やピカルディー地方の大地に肉体の一部を捨て去った伝説の兵士たちとおなじ典型的な運命を約束されている。アポリネールは頭部を負傷した。わたしはまた、アポリネールの友人であった詩人サンドラールのことも考える。詩人は、晴れた午後の草原に切り落とされた一本の右腕をめぐって、恐るべき謎に思いをめぐらせた。この失われた右腕はやがて切れ切れの悪夢のなかでつねに浮かんでは消えてゆくことになる。[8]

病院とは外部に対しては閉ざされた城塞都市であり、城壁の向こうには重厚な組織が隠れている。時間は彼らのものである。死と衰えは、長きにわたって、まさにその場所で管理されるのだ。人が手に入れられるのはせいぜいのところ猶予である。退院は、いつでも取り消すことができる外出許可にすぎない。大江は次のように書く。

> それは城塞のように傲岸な存在感をもつ厖大な建築だった。夏のはじめの陽の光に輝き、その建物のどこか片隅に真珠光沢のある赤い小さな口腔からかすかな叫び声をあげている赤んぼうのことなど一粒の砂ほどにも卑小な存在に感じさせる大建築。明日、ここを再び訪れても、おれはただこの近代的な城塞の迷路にひっかかって途方にくれるばかりで、すでに死んでいるか、あるいは瀕死のおれの赤んぼうにめぐりあうことはできないかもしれない、と鳥《バード》は考えた。[9]

読者にはよくわからない。はたして主人公は、この迷宮で迷ってしまうことを恐れているのか、それとも逆に、延々とつづく廊下や、障碍となって立ちふさがる扉やエレベーターや事務室のおかげで、植物状態の衰弱した身体となった息子と再会する瞬間が永遠に先送りされることを期待しているのか。

六

作家にとって、個々の人生の時間と大文字の歴史の時間がどこで、どのようにして結びつくのか、それこそを問うべきだろう。本質的な部分において、書くことは、自らを語る孤独な寓話である。自分の言語の排他的な空間にふたたび住まうことで、語り手は、自分の人生を叙事詩となす。ところが、彼のこの独自な行動が、万人に共通の地平にひとつの奥行きをもたらすのであり、そこに、時間が不朽の建造物のように立ち現れる。誰の人生にも、持続のただなかに傷つけられた一点のようなものがあり、個人的に経験された時間が、大文字の歴史と連結した時間を木霊のように響かせている。突如として、当たり前のことが反転する。ひとは、いくつかの状況、偶然、影響からなる、予想された総体であることをやめてしまう。選ばれたひとつの生成をめぐる「架空のオペラ」が空間上のあらゆる場所から召喚するのは、普遍をめぐる謎めいた形象である。ひとはその普遍のうちに自分自身が刻印されているのを認めるが、それはしかし、眼前数メートルのところに位置する一種の心的な地点にその身をおくものでもあるのだ。そして、恐怖もまた、自然と意識されるようになり、さながら曼荼羅の上に現れた輝く明晰さが、あたかも啓示の力をもって、時空の錯綜した様相を出現させたかのようなのだ。

明らかに大江は、『個人的な体験』によって、知覚と確実性がすっかり入れ替わるこの真実の地点に触れている。作家は、持続の流れのうちに二重の刻み目を定め、それがすべての計測の基準となる。個人的な苦しみという人には伝えがたい孤独が、文学作品が歴史をみたす激情の集合的なざわめきを響かせることができる条件を創り出すのだ。

かくして、すべてはまったく新しい価値をもった二重の試みとしておこなわれる。一九六四年、大江は『個人的な体験』と同時に、原爆による大量虐殺に関する彼の最初の本を刊行している。ひとは「新生」の「冒頭」の形式を選んだりはできないのだ。人生という取るに足らないスケールからすると、障害のある子どもが生まれ、もうすぐ死にそうなことは、かつて日本が経験した原爆の大惨事の反復とも思われる。それゆえ、大江の作品は、この二つの出来事のあいだに、反響しあう関係を結ぶことになる。つまり、あらゆる未来の可能性を閉ざしてしまう崩壊を生き延びることが問題なのだ。〈歴史〉の夢は綻び、ひとは白昼の濃密な悪夢のうちに目覚める。それは夢のなかの夢だ。時の流れは止まらないが、和らいだ恐怖が支配する不動の場に巻きついてゆく。重要なのは新たな言語をあみだすこと、狂気の穏やかな破綻と、安らかさとともに描きだすことで払い除けられた眩暈とに調和した言語をあみだすことだ。

個人の悲劇に、集団の悲劇が共鳴する。そうはいっても、前者が後者に吸収されることはない。個人の悲劇は、歴史の教科書に書き込まれたこの事件にぴったりの寓意などではないのだ。個人の生は、そのもっとも内奥の部分において、いまでは技術がその均質な流れをつかさどっているような持続の、名もなき織り目に取り込まれるようなものではない。生者は誰しも、その名にふさわしい権利をもち、死者は誰しも、その墓所にふさわしい権利をもつ。そのために小説は、時の樹につけられた刻み目となるのだ。

戦後五十年の節目の際に大江はあらためて、死者を数字という抽象的なかたちで見るのではなく、個々の悲劇がもつ独自性、つまり「個のしるしをおびた死者」について考えるべきだとした。大江は次のように書いている。「すでにわが国には事故死した自衛隊員の夫が護国神社に合祀されることを不当として、国家と裁判をあらそったプロテスタントの婦人がいます。最高裁において彼女は敗れました。しかしその抗議は私たちの魂に響いています。国家がひとまとめにする戦死者の列から、個人の死者としての夫をとり戻そうとした女性の声として[10]」

戦争と蛮行が果てなく続く以上、プリアモスとアキレウスの物語も、アンティゴネとクレオンの物語も絶えず繰り返される[11]。社会というものは、死者たちの集団化を管理するとともに、生者をその見せかけの生活から追放してもいる。それに対して、文学は書物という無用の空間において、たとえ空しくとも留まろうとするのだ。というのも、苦しみはその裏面と同様、他の何かには還元できない孤独な経験であるのだが、だからこそ、逆説的にもそうした感情を共有するための条件であるからだ。

まさにこういった理由で、鳥《バード》は、人生に突如おとずれた災厄の意味を問いながら、次のように記している。「確かにこれはぼく個人に限った、まったく個人的な体験だ［…］個人的な体験の洞窟をどんどんすすんでゆくと、やがては、人間一般にかかわる真実の展望のひらける抜け道にでることのできる、そういう体験はある筈だろう［…］ところがいまぼくの個人的に体験している苦役ときたら、他のあらゆる人間の世界から孤立している自分ひとりの竪穴を、絶望的に深く掘り進んでいることにすぎない。おなじ暗闇の穴ぼこで苦しい汗を流しても、ぼくの体験からは、人間的な意味のひとかけらも生まれない」[12]

こうして、狂気と憤激への終止符が打たれる。わたしの知る大江作品は、この恐怖の地点の先にある、滑稽で啞然とさせ、波乱にみちた「続き」のなかで書かれている。父として突如経験した苦しみは、共有された時間とその恐ろしさを新たに知覚するための条件をうむ。そしてその苦しみは、広島によって体現され、目にみえないまま現在時のすみずみに網の目を張りめぐらせている。

それでも、大江は死を選んだ作家ではない。悲しみと虚無のあいだで、彼は悲しみを選択し、不思議なことに、そこから歓喜の証しを作り上げる。『われらの時代』では、自殺を拒むことは、整合性の欠如、卑怯な振る舞いという烙印を押されていた。ところが、後には自殺を拒むことこそが、明晰に生きられる幸福の密やかな条件となる。死と狂気の経験は、誇張されることなく、通過される。大江は、その人生においても、作品においても、生き延びるという困難な賭けを堅持する。大江の作品は、極限の苦しみの徴を感傷抜きで描いている時でさえも、他者が経験した虚無を前にして、呆然と、自己満足しながら、それと対峙しているわけではない。不可能なものはすでに経験している。問題は、手を離すことなく、書き続けることなのだ。

1 マルセル・プルースト『サント＝ブーヴに反論する』の中の有名なくだり。
2 マルグリット・ユルスナール『三島あるいは空虚のヴィジョン』澁澤龍彦訳（『ユルスナール・コレクション 五 空間の旅・時間の旅』白水社、二〇〇二年所収）、一二三―一二四頁。
3 三島由紀夫「現代文学の三方向」（一九六四）、『決定版 三島由紀夫全集』（新潮社）第三三巻、二三一頁。
4 作者の分身である語り手自身によってではなく、ギー兄さんの提案という形である。
5 アーネスト・ヘミングウェイ『日はまた昇る』（谷口陸男訳、岩波文庫）、三一三頁。
6 大江健三郎『個人的な体験』（新潮文庫）、四二頁。

7 第一次世界大戦時の激戦地。フランスのシャンパーニュ地方で行われた突撃命令は甚大な数の死傷者を生んだ。

8 ブレーズ・サンドラール（一八八七―一九六一）は、スイス出身の詩人、小説家、旅行家。第一次世界大戦時、フランスの外人部隊として従軍、一九一五年に右腕を失う。

9 『個人的な体験』、四八頁。

10 「ギュンター・グラスとの往復書簡」『日本の「私」からの手紙』岩波新書、一〇三頁。

11 プリアモスとアキレウスは、ホメロスの叙事詩『イーリアス』に出てくる挿話。プリアモスはトロイア最後の王。トロイア戦争でヘクトールがアキレウスに殺され、屍が戦車によって引きずりまわされたのに心を痛め、自らアキレウスの陣に出向き、ヘクトールの遺骸を返してくれるようにアキレウスに頼んだ。これに感動したアキレウスは感動してヘクトールの遺骸を引き渡した。アンティゴネはテーバイの王女で、オイディプスの娘。反逆者となってしまった兄ポリュネイケスの埋葬を禁止するテーバイ王クレオンの命令に反して、葬礼を決意。アンティゴネは、土を死骸に振りかけることで象徴的に葬礼を行ったため、クレオンによって死刑を宣告され、牢屋で自死した。

12 『個人的な体験』、一八四頁。

II

交錯する夢々

「批評とは竟に己れの夢を懐疑的に語る事ではないのか！」

小林秀雄「様々なる意匠」（一九二九）

一

小林秀雄の名はフランス人読者にはまだ十分知られていないから、まずは紹介が必要だろう。彼は、近代日本の主要な思想家のひとりであり、彼の評価には異論の余地もあり、論争の的となりはするものの、わたしたちにとってのブランショやバルトがそうであったように、その文学論は同時代人たちにとってきわめて重要だった。時として、日本初の批評家だったとも言われる。あるいは少なくとも、作家として批評の技法を実践した最初の日本人であった、と。こうした主張がやや行き過ぎなのは、じつは日本文学はその起源以来つねに、批評と創作との結びつきを考察しつづけてきたからだが、それでもこうした主張には小林が実現した行為の相対的な新しさを強調できるという利点もある。小林は、批評言語は何よりも文学に帰属し、あらゆるイデオロギー的な監視のもとからその言語を解放して、自己の意識の徹底した現れと独占的に結びつけるべきだと考えた。

一九二九年、若き小林秀雄はランボーについての論考を仕上げたところで、『地獄の季節』の翻訳を準備していた。その彼が雑誌『改造』に「様々なる意匠」と題された短い評論を発表し、それがきっかけで一躍注目されることになった。主題は、当時の日本文学、その動向、そこで交わされた議論であった。しかし、とりわけ、批評言語の本質に関わる態度表明が問題となっていた。文学作品を何か別なもの（階級意識や国民性の機械的な表出）や、取るに足らないもの（その徹底した非合理性の純粋な表れ）に帰してしまうような理論、そして、批評家にそうした自明の理を実証する務めをあてがうような理論に抗いながら、小林は優れて個人的でありながらも、その適切さが普遍的な射程をもつ思想を展開している。わたしはこの思想から、夢を懐疑的に語る行為として批評を構想する、他に例をみない卓越した一節を取り上げたい。

二

批評の営みを定義するために、小林はボードレールを例にとる。ボードレールの文芸批評は、読者がその内奥に船出し、それに身をまかせるような、明白で情熱的な夢である。小林によれば、あらゆる芸術家は例外なく、嗜好に関する客観的で内実のない普遍性などには関心はなく、ひたすら自分自身の運命を探求する。そこにこそ、個々の「真実」の本質的なかたちが姿を現すからだ。それゆえ、小説家や詩人の野心に似た批評家の野心は、「最も素晴らしい独身者となる」という強い希いと混ざり合っている。こうした芸術観を、作者の概念が流行遅れになる以前の、古きロマン主義に帰するのも、彼の批評は「印象批評」だと貶めるのも、大きな間違いである。また、一度として個性という概念が一貫性をもったことがないと見なされている文化（日本）に生まれた批評家によって、このような見解がもたらされたことを意外とするなら、さらに重大な間違いである。小林は、文学の尊厳と意義が、それらが渾然一体となっている主観的な劇のうちにあることを信じて疑わない。パスカル、ランボー、ドストエフスキーを自らの思想の頂点としている事実が、そのことを十分に証明している。キルケゴールが言うように「主観性が真実なのだ」。とはいえ、このことをわたしたちに喚起するのがひとりの日本人であるという事実は看過できないことである。

芸術家は、自らの特異な運命に関するもっとも鋭敏な意識に忠実でなければならないと、小林は主張する。さもなければ、芸術家が創造する作品は、わたしたちに働きかけるいっさいの能力を奪われ、わたしたちを迷わせ、あるいはわたしたちを救うすべての力を欠いて、あらゆる現実を抜き取られたような、生気のない惨めなものでしかなくなってしまうからだ。若き小林は、そうした文学、その人畜無害な性格とその無意味さとに抵抗するかたちで語る。時として機知に富んだ仕方で言ってのける。「煙草銭に困っている時、愚書を買った位悔しいことはない」
まさにその通りだ。

三

批評の実践は夢に似ていると、小林は主張する。しかしそれは、思考の複雑な実践が適用される夢だ。批評家は、他者からやってくる夢想に身をまかせる。しかしその夢想に対して、自身の疑いによる体系だった働きかけを強いるのだ。そうすることで批評家は、未知なる夢を想い描き、そこから真実の特異な場を導きだそうとする。そこに到達するには、信じているものを疑い、疑っているものに信をおき、懐疑主義と愚直さとをおなじように発揮するしかない。そして、微睡《まどろ》み目覚めることを繰り返すことで、たえず彼の意識は、自分が属する二つの世界を分かつ不安定な境界線のうえに位置することになる。クローデルの言葉によれば、詩人の作品は「方向づけられた夢」のようなものだ。批評家の作品もまた同様である。それは、わたしたちを作り上げている夢想の実体を他者のうちに摘み取ることで、こんどは自分がその実体を夢みるのだ。それを思考の検討に托すのは、夜闇の夢のような連なりを、真実のおぼろげな開花が認められる言葉の日の光のもとまで導くためである。

わたしがジョイスから借用して一連の評論集のタイトルとした「アラフベッド allaphbed」

は、まさにこのことを意味している。表現形式がいかなるものであっても、物語はつねにおなじで、予知可能で非難されるべきものだ。「その世界《せかい》を？　それはすべてについて語《かた》られた同《おな》じこと。数《かぞ》えてメネえい。異種族混交《いしゅぞくこんこう》に異種族混交《いしゅぞくこんこう》」。「彼《かれ》らは生《い》き、祖《そ》して笑《わら》い、楚《そ》して愛《あい》し、祖《そ》して逝《い》った。くウたバルぞとシンで[2]」。人生の粘土板に、誰もが身をかがめ、順に立ち止まっていく。書物はひとつのベッドだ。夢のなかで眠りに落ちたアルファベットを綴り、現実という独楽《こま》が回転する重要な運動に立ち会うために、ひとはそこで身を横たえ、眠りにつく。「そしてめぐりめぐらせるのだな、実旋界《じっせんかい》を、実旋界《じっせんかい》を、実旋界《じっせんかい》を！[3]」

批評の言葉が詩の言葉と区別されないとしても、そしてもし、批評の言葉が詩の言葉の表現形式のひとつであり、それを通じて読む行為と書く行為が同一なのだということにおたがいが気づくとしても、その言葉にはテクストの客観的で貴重な意義を構築しようという意図はない。眩暈を誘うような意味の欠如を前にして、テクストから夢と主観に開かれた場を作り上げるのだ。そうした欠如は、すべての文学が指し示し、人間の経験をめぐる不可能な真実に結びついたあらゆる言葉の由来となる、目眩《めくるめ》く意味の欠如ということになる。

四

文学作品は、夢の象形文字《ヒエログリフ》についての想像を超えた翻訳を提示している。意味が共有された明白な言語へのあらゆる転換に徹底して抗うものを物語へと転じるのだ。だからこそ、翻訳はつねに誤っているのだ。真の思考ひとつひとつの原子がうちに秘めている無の中核は、密度が高くて確固とした言説——世界はそれによって、自らを正当化するような、体系的で慰めをふくんだ虚構を生じさせようとする——のただなかへの移しかえに耐えるものではない。こうしてすべての言葉は、そこから生まれ、それに身を捧げる義務をもつ、あの不可能なるものを裏切ってしまう。すぐに忠実さを欠いてしまうという条件のもとでしか、それについて語ることができないのだ。

夢もまた同様だ。夢の物語を作ってしまうと、いつも、それは覚醒した時の言語の統辞にその夢を順応させてしまうのだが、それは夢にはそぐわない。それでもやはり覚醒時の言語だけが、はるか彼方の真実を引き留める。いや、引き留めるのではなく、むしろ発明するのだ。というのも、それが真実の発現する唯一つの場なのだから。だからこそ、知られているように、夢はそれを語る物語の外側には存在しない。そして批評の言葉も同様である。詩の純粋な謎を、過剰なほど意味深長な言説に移しかえるのだ。そうすることで、言語という貧弱な貨幣の共通分母に帰してしまう。しかし批評の言葉は、それを唯一の条件として、その謎が完全に失われずに残ることを可能にしているのだ。他者のテクストを読むとき、わたしは自分自身の心のなかの小説空間に迎え入れるために、それを変換する。他者のものだった夢について語りながら、当然のようにその夢を裏切ってしまう。しかし突如として、こんどは自分がその夢を夢想して、それを不可能なるものの断固たる不合理に結びつける関係を再構築するのである。

多くの人びとと同様、そして多くの人びとの後で、美しい本は一種の外国語で書かれているというプルーストのくだりにわたしは心を打たれた。彼によれば、それを読むことで取り違えをおかすのは避けられない。しかしそれはさして重要ではない。なぜならその取り違えが、本当の美しさについての神秘的で逆説的な証拠となるのだから。それは相対主義などではない。すべての解釈が同等の価値を持ち、たがいを無効にするということではないのだ。不可能なるものに対する自分自身の関係について、その特異な謎を問いただすために、個人がそこを訪れるやいなや、どの解釈も絶対的なものとの関係を可能にする場となるということである。

読んだり、書いたりしながら、わたしはこれまで誤ることもあった。いまでも、間違えをおかしているにちがいない。しかしつねに確信していたのは、わたしにとっては、そうした間違いが、真実の、特異で欠くことのできない道筋を拓いてくれるということだ。いったい誰が、他者の見た夢を裁くことができようか。

五

なぜ日本なのか。それについては『アラフベッド』第一巻ですでに説明した。日本の「こころ」は門外漢には理解できず、特別な秘密があるのだ、と謎めいた調子で匂わせる異国趣味の怪しげな作り話が幅をきかせているが、わたしの本は、そんなまことしやかな作り話とは無縁だ。重要なことは、日本文学が、わたしたちにとって、いわば模範的な仕方で、あらゆる詩の独占的な秘密、つまり不可能なるものに対する普遍的な関係を描き出しているということなのだ。

おそらく日本語はあらゆる言語のなかでわたしたちフランス人にとってもっともなじみが薄く、異質なものだろう。だが、ある意味で、日本語はそれ自身にとってもまた異質なのではないか。というのも、この言語は中国を起源とする記号を用いて書かれるからであり、それらの記号はあらゆる読解が翻訳となることを求めるともいえるからだ。日本語で書かれた文学は、ひょっとするとそれを理由として、あるいはもっとあり得そうなのは、日本文明に固有な信仰の働きに起因する理由によって、つねに夢の経験と結びついてきた。もし世界が幻影だったら、もしも世界が儚い夢でしか、感覚の情景あるいは欲望がわたしたちを結びつける空想上のおとぎ話でしかなかったとしても、夢は、生について、その幻覚のような性質を明らかにするという逆説的な理由によって、真実を語る。そして、文学こそが、夢に身をゆだね、わたしたちを作り上げている夢想の目映い織物を浮かび上がらせることで、真実に触れるのだ。

読むことが、翻訳し、夢みることであるのなら、その経験は日本の書物を読むときに倍増する。なぜならその一冊一冊がすでに、そして同時に、夢であり翻訳であるからだ。紀貫之や世阿弥、正岡子規や夏目漱石を読みながら、わたしはそれらを、自分自身に理解できる言語へと不正確に翻訳してゆく。そして、そこに生じる取り違えのいずれもが、起源としての謎そのものへとテクストを立ち返らせる。芭蕉や一茶、中原中也、そして小林秀雄を読みながら、こんどはわたしがそれらを夢みる。彼らの夢を夢みることで、予想もしていなかった明白な真実を、その夢から生じさせるがままにするのだ。

日本文学に固有な秘密などない。なぜなら日本文学の秘密はあらゆる文学の秘密でもあるからだ。ただ、日本文学は、わたしたちの眼前に、言葉そのものの謎を模範的に提示してくれるのだ。つまり、言葉がその謎によって、不可能なるものの独自の試練を普遍的に保証しているということである。

六

俳句はいまや西洋の読者にとって日本文学の本質だと思われている。だが、そこには誤解がある。人びとは、時に俳句が日本の詩のもっとも古くからの形式なのだと思いこむほどなのだ。ところが、それはつい最近になって登場した形式でしかない（俳句という名称自体は、十九世紀末にある作家によって考案された）。わずかな知識さえあれば（いや、好奇心で十分だ）、あらゆる紋切り型を覆すことができるのだ。

そうはいっても、わたしたちを魅了する何らかの力がなければ、そうした紋切り型がわたしたちに強い印象を与えることもあるまい。たしかに日本の美学には、短さ、省略、小さなものの儚さへの偏愛があり、それは川端康成によるみごとな「掌の小説」にまで表れている。しかしこうした偏愛にもかかわらず、『源氏物語』や、谷崎潤一郎から大江健三郎にいたる現代の偉大な小説家たちの記念碑的な作品もまた書かれてきたのである。

たしかに、俳句が作り上げる詩的顕現《エピファニー》［後出の「俳句とエピファニー」の章で詳述される］と、禅が「悟り」と呼ぶ忘我の啓示とのあいだには結びつきがある。しかしもう一方で、おなじくらい強い結びつきが井原西鶴や小林一茶の作品に見られるように、人生のもっともありふれた具体的な経験と、詩的言語との間にある。他の例もあげることができよう。

俳句を詠むことはきわめてありふれたことになり、日曜詩人も、アカデミー・フランセーズの詩人も句をひねる。本来俳句とは遊びであり、気晴らしだったのだから、それも当然のことだ。俳句集が過剰なほどにあるのに対して、この俳句について書かれた評論はごくわずかしかない。それらはここでも頻繁に引用しており、わたし自身の考察も負うところが非常に多く、たんなる言い換えとなっていることもしばしばだ。

以下に述べるのは、もっとも人口に膾炙した見解に反対する主張だ。あえて要約すれば、わたしが想起したいのは、俳句のエピファニーが孤独で自己完結した霊感からはほど遠く、俳句がその一角を占める小説世界に結びつけることによってはじめて意味と価値をもつということだ。このような立ち位置は、「いわく言い難いもの」という美学に対するわたし自身の否定的見解に起因している。この美学は、偽りの詩学にとって、しだいに力を増す担保として機能しており、時として俳句への崇拝がそれを高みへと祭りあげるのだ。わたしは、ロジェ・カイヨワの見解に与するものだ。[4]「わたしはつねに、詩に身を委ねるよりも、詩に対して戦いを挑む傾向を感じていた」。しかし、すぐに付け加えておきたいのは、詩のすべての真実が、自らに挑むこの戦いのうちにあるということだ。ポンジュの有名な言葉にあるように、言葉は言葉に抗うために語る義務がある。これはまた、自身に抗うことで授けてくれるもっとも偉大な日本文学の教えでもあるだろう。

七

西洋と東洋の作家が、それぞれに相手を夢みるに任せた時代があった。いまから一世紀ほど前、彼らがおたがいを発見した時代である。日本人作家はヨーロッパ文学を夢みた。彼らはその意味するところを取り違え、「自然主義」を誤って解釈し、ひとつの「近代《モデルニテ》」を導きだしたのだ。彼らはそれを西洋の模倣だと信じていたが、実際には自分たちに固有のものだった。ヨーロッパの作家たちは日本文学を夢みた。彼らも同様に間違いを犯し、地球の反対側には、自分たちの「形而上学」の毒を免れた、それゆえ「別な」真実といっそう本質的な関係を保っているような言葉が存在していると幻想を抱いたのだ。彼らの間違いもまた、日本人作家のそれに劣らず、実り豊かだった。

このみごとな双方向の誤解は小説よりも詩の分野においていっそうはっきりと見てとれる。その誤解は、それに身を委ねた者たちが完全に意識していたものである。いわばかれらは、自ら志願した明晰な犠牲者なのだ。

一九二三年、ルネ・モーブラン（不当にも忘れ去られているが、フランスに俳句を紹介したきわめて重要な人物である）は次のように書いていた。「日本の批評家たちを信じるなら、西洋の抒情詩（とりわけイギリス詩とドイツ詩）が極東の詩人たちに対して、はるかに熱く、情熱的で誠実な、新しい詩の展望を切り拓いたために、伝統的な詩としての短歌と俳諧は、単なる技巧の練習になってしまったらしい。反対に、西洋の詩人は、自分たちの詩に技巧性を感じ、極東の影響のもとで新たな誠実さを探求する傾向にあった。こうして俳諧は、日本がそれを技巧性としてうち捨てたそのときに、わたしたちにとっては誠実さの流派となったのだ。だがそこに矛盾はない。技巧性は平凡な主題のなかにあり、その長き伝統が徐々に詩的ジャンルの新鮮さを覆いつくしていったのだ。革新的形式はおしなべて、古びた決まり文句や、何世代もの作家たちのせいで色褪せた隠喩を一気に使用不能にし、〈タブラ・ラサ〉の、天然蠟の恩恵を詩人にあたえるかのようだ。遠く離れた二国間での唯一の交流、各々の生地で使い古された二つのジャンル間での唯一の交流によって、ジャンルそのものと両国民の詩とが同時に刷新され得るのである」[5]

八

モーブランの表明する当時のこのような考えに全面的に賛成することはできないだろう。この考えは、詩の本質を新しいものや、突飛なものや、驚きを経験させることだとしており、そうなると必然的に、詩は前進する競争と化し、それ以前の修辞を厄介払いすることになるからである。それにもかかわらず、わたしたちはこの批評の知性に感銘を受ける。というのも、現象の本質をみごとに捉えているからだ。つまり、それぞれの文学は、他の文学のうちのもっとも隠れたものを奪取し、その価値を変換したり、さらには転倒したりしながら、真実に対する可能な新たな関係の場とするのだ。

ヴィエラ・リンハルトヴァーはその卓越した評論のなかで、ルネ・モーブランの主張をひろげて指摘している。「一九二二年は、フランスにおける「俳諧」の運動が頂点に達した年」だが、それはまた、ダダイスムを紹介した日本の詩人たち（高橋新吉）の運動にとって「その創作が絶頂をむかえた時代」でもあった[6]。ここに見られる同時性は、意味もないたんなる偶然の一致とも受け取れるだろう。じっさい、フランス語で書かれた俳句と、日本語で記されたダダの詩のあいだに、どんな共通項があるというのか。おそらくは何もあるまい、それぞれのテクストで同じ作用が起きているという一点をのぞいては。フランス語で書かれた俳句は、東洋の古典詩の模倣という装いのもと、相変わらず西洋に固有なエピファニーの美学に依拠しているとはいえ、この旧来の美学に新たな意味を与えつつ、そこには芭蕉による元来の考えのいくつかがはっきりと現れている。日本語で記されたダダの詩は、ヨーロッパの前衛文学に参加するとしながらも、つねに「仏教的虚無主義」に固有な否定的神秘思想に由来している。だがそれも、騒々しくて偶像破壊的、暴力的なほどに現代性を帯びたダダの言語のなかで転向し、ツァラによる新たな原則のいくつかをはっきりと浮かび上がらせるのだ。

この相互作用は二十世紀を通じて続いてゆく。俳句は、ビート・ジェネレーション（ケルアック）の詩的作品や、構造主義的前衛（バルト）の理論的なテクストのただなかに、自分のために定められているのが当然に思われた場を、いわば自ら創出するのだ。リンハルトヴァー自身が「幸福な誤解」と呼ぶものを利用して、古賀春江や西脇順三郎、そしてさらに多くの者たちがアンドレ・ブルトンの作品を発見した際、日本の思想は、「超現実主義」と「超自然主義」という語を作ることで、そうした発見が意味をなすような心的な空間をすでに整えていた。だからこそ福沢一郎は、驚くことに芭蕉の詩と庭園芸術を日本のシュルレアリスムの例証としながら、次のように書く。「俳句は五七五調の簡潔なリズムの中に広大無辺の感情を表現するものであるが、その方法に於て極めて超現実主義的なものを持つてゐる」

九

こうした場の交錯はいたるところで起こっている。その歴史を緻密にたどり直すのは学者の仕事だろう。しかし、書き手であれ読者であれ、各人がその意味について衒うことなく思索することができるはずだ。これこそ、日本文学についてわたしが書いてきたことの唯一の目的なのだ。

だれもが他者となる夢をみるが、こうした交錯のなかでは、ひとは夢みる者であると同時に夢みられたものとなる。『荘子』の有名な説話はよく知られている。荘周という人が胡蝶になる夢をみた。はっと目が覚め、はたして自分が、荘周になった夢をみている胡蝶なのか、胡蝶になった夢をみた荘周なのか、もはやわからなくなっている、というものだ。作家についてもおなじことが言える。日本の詩人が、自分をランボーやツァラだと夢みる。フランス人小説家は、自分の身を一茶や芭蕉に重ね合わせる。そして二人とも、朝の訪れとともに夜のことを思い出すのだが、自分という存在がはたしてどちら側に身をおいていたのか、まったくわからなくなっている。

人間の条件に普遍性があるとすれば、そして文学体験に普遍性があるとするならば、その普遍性が切望するのは、すべての個我が解体する場としての眩暈が、不可能なるものを前にした意識をとらえることである。それゆえ、自分について語るさいに助けを借りる不実な言葉がどんなものであれ、真実の相貌は、現実のもつ巨大で不可思議な謎に対峙したすべての人間が感じるあの揺らめきの相貌以外のものではない。

これを証明するにはさらなる論証が必要だろう。だが、わたしとしてはここで筆をおくことにしよう。続きは哲学者の壮周にまかせることにしよう。あるいは、胡蝶に。

1 アラフベッド Allaphbed は『フィネガンズ・ウェイク』（一九三九年）に出てくるカバン語で、そこには、ヘブライ語のアルファベットの最初の文字である aleph（牝牛）、beth（家）、登場人物の Anna Lavia Plurabelle のベッドを意味する ALP'S bed、イスラームの神 Allah が響き合っている。フィリップ・フォレストは自らの評論集を『アラフベッド』と名づけ、現在六冊が刊行されている。

2 『フィネガンズ・ウェイクI』（柳瀬尚紀訳、河出文庫）、四六頁。

3 同書一三一頁。

4 ロジェ・カイヨワ（一九一三―一九七八）は、フランスの文芸批評家、社会学者、哲学者で、詩に関する評論も多く発表している。

5 ルネ・モーブラン（一八九一―一九六〇）はフランスの作家、哲学者。以下の引用は、次の註のヴィエラ・リンハルトヴァーの本からの孫引き。

6 ヴィエラ・リンハルトヴァー（一九三八―　）はチェコ出身の作家・美術史家。若い頃はプラハのシュルレアリスム・グループで活動。一九六八年にパリに移住。日本語と中国語を学び、道元の紹介なども行っている。『日本におけるダダとシュルレアリスム』（*Dada et surréalisme au Japon*, [textes choisis, traduits et présentés par Věra Línhartová], publications orientalistes de France, 1987）は、高橋新吉、古賀春江、西脇順三郎、北園克衛、上田敏雄、瀧口修造、福沢一郎、北脇昇の文章を集めたアンソロジーで、そこに附された序文「日本時代のヨーロッパ詩　一九〇五―一九二四」はフォレストの論の基本的な情報源のひとつである。引用は、p. 18-19, 20. 福沢一郎の引用は『シュールレアリズム』（アトリエ社、一九三八年）。

中原中也　二重の詩人

一

近代詩全体の基礎となっていると思われる考えがある。詩の本質とは、詩が生みだす驚きの効果に依拠するという考えだ。少なくともロマン主義以降、すでにユゴーにおいて、そしてボードレールにおいてはもちろん存在したこの考えを、アポリネールは一九一八年の『新精神と詩人』のなかでみごとに説明している。「しかし、ともあれ、進歩ではないにしろ、新しいものは、たしかに存在する。新しいものは、まさしく驚きのなかにある。新精神もまた、驚きのなかにある。驚きこそは、新しいもののなかにあって、もっとも溌剌とし、新鮮なものだ。驚きは、大きな新原動力である」。これはまた、ある意味で、同時代の西洋世界において、写像主義《イマジズム》、未来主義《フトゥリスモ》、あるいはヴィクトル・シクロフスキーがあの有名な「異化」概念で規定したロシア・フォルマリズム［構造主義］の信条でもある。詩的テクストは——いや、むしろテクストがその場となっているような詩的イメージは――世界の見方を変えさせる。つまり詩は、世界をあらたに異なった光のもとで見せるのだ。そして、事物の相貌をすっかり変容させることで、詩は、事物の真の様相をひそかにわたしたちに与えてくれる。

シクロフスキーは、このような「個別化」「異化」「非日常化」の現象が、詩の歴史を貫いて作用していると断定し、それを言語間の出会いと対立の経験に結びつけている。[2]「アリストテレスによれば、詩的言語は、異質で驚きをよぶ性質を持たなければならない。実際のところ、それはしばしば外国語である。たとえば、アッシリア人にとってのシュメール語、中世ヨーロッパにおけるラテン語、ペルシア人たちにとってのアラビア語法、文学的ロシア語の素地としての古ブルガリア語……。したがって詩の言語は、難解で晦渋、障碍にみちた言語なのだ」

こうした見解から、詩的言語はそれ自体が外国語のようであるという広く共有された確信が導きだされる。詩的言語はあまりに特異な言語であるため、他のいかなる言語に感化されることもなく、通常の言語になる可能性をいつまでも先送りにし続ける。というか、言語のなかで詩的な言葉が自らを表現するのは、還元不可能でありながらも普遍的な、その異質さを守り抜く声を響かせるためなのかもしれない。すでにランボーがそうだ。「いつの日か、すべての感覚に対して開かれた詩的言語を発明しようと期待をかけたのだ。私は翻訳を留保した」(「言葉の錬金術」)。だとすれば、言語のなかのこの言語、すなわち詩の言語（あるいはむしろ、ポンジュの言葉を使えば、言語《ラング》のなかで言葉《パロール》に抗して語る言葉《パロール》）が翻訳された時、いったい何が起こるだろうか。その異質さは、翻訳作業によって倍加するのだろうか。あるいは反対に、この翻訳という二乗の営みが、明白な親しさを再発見し、詩的言語に与えることになるのだろうか。

二

かなり理論的だが、普遍的に正当かつ有効でもあるこれらの問いを日本の詩はきわめて具体的なかたちで、西洋の読者――日本語力を欠いて、その文学的な文化に近づくためには翻訳という鏡に映ったイメージを通すしかない読者――ひとりひとりに投げかけている。

日本の詩をフランス語で読むことでまず感じるのは、その決定的な異質さ、倍増した異質さだ。理解するための、あるいは感じるためのコードが欠けているために、それぞれの詩が文化的記憶の全体のどのあたりに位置するのかが実感できない。ところが通常はこういった記憶のなかでそれぞれの知覚は引用として機能しているのであり、もっとも直接的でもっとも素朴にみえる記号が、じっさいにはそれと密接に結びついた文学的な参照項や記憶に応じて全方向に光を放つのだ。どの詩も――昔の詩人でも近代の詩人でもそうだ――『古事記』や『万葉集』というモニュメントを前提としている。日本文学はそうした記念碑的作品を端緒としており、あとに続く作品はみなその厚みを支えとして、時のなかで響きわたるのに必要な深みをそこに見いだすのだ。だがそれと同時に、そうした伝統があることを知らずにいること——より根本的に言えば、無知であることを知らずにいること——によって、西洋の読者はその無理解ゆえに、日本の詩に関して、このうえない親しさという誤った印象を感じとる。見いだされた親しさは、あたかもそれが自分の母語で語りかけてくれているかのように、世界をその直接性と明白さのうちに差し出してくれる。そしてこの親しみの印象は、それが伴う異質さの感情に劣らず謎めいているがために、おなじようにわれわれを困惑させるのだ。

その典型的な例が中原中也だ。この偉大な詩人に対して、西洋の人間がその名にふさわしい大きな関心をわずかでも抱くためにも、滑稽を承知で彼を「日本のランボー」と紹介しなければなるまい。というのも、彼の言葉は、作家として受け継ぎ、手を入れる日本の詩固有の言語と、翻訳者として出会い、我がものにするフランス詩の外国語が合流する、まさにその場所に位置づけられるからだ。中原中也のテクストはわたしたちを二重に魅了する。まず、その詩以前に存在したすべての木霊を不明瞭にだが聞き分けることができるような未知の詩を発見させ、わたしたちの当惑をさそうことによって。そして、知っているように思える詩、ロマン主義から象徴主義をへてダダイスムへといたるフランス文学の木霊を内奥に響かせている詩を再発見させ、すっかり道に迷わせたりはしないというそぶりを見せることによって。こうして中也は、詩の異質さが帯びる異質さによって、そして詩の親しみがもつ異質さによって、わたしたちを二重の意味で驚かせる。つまりそれは、わたしたちにとって彼が二重に詩人だということなのだ。

三

詩人としての中也の特徴はなんと言っても、不条理で気まぐれな夢想に没入しながら、確実に、そして自分なりのやり方で、日本語で書くフランス詩人たらんとしていた点だ。彼はランボー、ボードレール、ヴェルレーヌ、ヴィヨンを日本語に訳し、さらには自分自身の詩のなかで彼らの声を響かせている。

しかし日本語を解さないわたしたちフランス人読者にとって、彼はまさに、フランス語で書く日本の詩人のように見える。イヴ＝マリ・アリューが実現したみごとな翻訳によって彼の作品に触れられるようになった今日、わたしたちにはそれが当然のように感じられる[3]。そのために、中原中也の作品全体を読むときに覚えるのは、異質さ、親しさ、そして異質な親しさの感情だ。はるか彼方の鏡に映し出されたフランス詩が、そっくり神秘的に自分たちのもとに戻ってくるかのようだ。そしてこの感情は、とりわけ「時こそ今」ないしは「妹よ」といった詩の特徴で、中也はそこで、ボードレールに由来する詩を日本語に書き直し、この翻訳によってそれを元の言語に差し戻すのだ[4]。

このようなありようはあらゆる詩についてあてはまる、とシクロフスキーは指摘していたし、その後は誰もがそう繰り返す。言語が変貌をとげ、世界の新たな語りかたの可能性を演繹するために、詩は自身の言語のなかに他者の言語を呼び込むのだ、と。だが、時代によってこの現象の広がりは異なる。文学表現の構造全体がいたるところで転覆してしまうほど重大なものになることもあった。中也が詩作を始めた二〇年代初めは、まさにそのような時代だった。それは西洋の各地で詩の大革新が起こっていた時代でもあり（アポリネール、サンドラール、マリネッティ、マヤコフスキー、リルケがおり、エリオット、パウンド、ブルトンもすでに登場していて、驚くべきことに全員が同時代人だった）、わたしたちが十分に考慮していないとはいえ、アジア諸国の文学にも同様のことが起こっていた。

ダダイスムと日本のシュルレアリスムについてのみごとな研究[5]のなかで——それは非常に正確なアンソロジーであると同時に、きわめて繊細な比較文学批評の実践でもある——、ヴィエラ・リンハルトヴァーが注意をうながすのは、ヨーロッパの詩人たちが日本古来の詩を発見したまさにそのときに、日本の作家たちがヨーロッパの現代詩を発見していたという事実である。一九二三年、不当にも文学史から忘れられているルネ・モーブランなる人物が、ランスで刊行されていた『パンプル』誌にフランス俳諧の充実したアンソロジーを発表した。そこには、東洋詩と西洋詩のあいだで起きていた重要な双方向の交流の動きについて、透徹した考察が添えられている。同年の日本では（それは関東大震災の年でもある）、高橋新吉の『ダダイスト新吉の詩』が刊行された。よく知られるように、中原中也は日本のダダイスムを生んだこの詩集の読者のひとりであり、最初期の作品のいくつかは、高橋の詩集を出発点としている。

四

ヨーロッパの詩人たちは、日本の古い詩を手本とすることで新たな文学を創造していると思っていた。おなじころ日本の詩人たちは、ヨーロッパ前衛の最新流行に与することで同様の確信を抱いていた。もちろん彼らはおたがいを知るよしもなく、地球の反対側で書かれていることについて知り得たことは、断片的で、謎に満ちていた。彼らにはほとんど何の知識もない。わたしたちもそれ以上に何かを知っているわけではない。そして彼らは、自分たちが知り得たことを理解していなかった。わたしたちもまた、それ以上に理解していいるわけではない。だからこそ彼らは、自ら関係を断つつもりでいた伝統に基づいて、誤った解釈をしたのだ。一九二〇年代に実践されていたフランス俳諧は、古びた象徴主義から生まれた変化のない信条を、ある種の異国趣味がもつ独特な色彩で飾り立てている（実際には今日にいたるまでまったくおなじだが）。日本のダダイスムは、彼らなりの発案であり、いくらか仰々しい近代的偶像破壊的な虚無主義をきわめて古くからある考えに流し込んだものである。俗世の欲望が幻想であり、諸行は無常であることはすでに古典文学が示していたからである。これは誤解の絶頂だ。だが、それを嘆く必要があろうか。誤解とはつねに、そのようなものだ。そして、詩の証となるのは、それが由来する知識の正確さではなく、それが作りだす真実の明白さなのだ。

中也はこうした勘違いのうちで自分自身の文学に目覚める。これがダダイスムと思い込んだものは、彼が自分のうちに感じた破壊への強い欲望を担保するに十分だった。中也は初期詩編を歪ませることでそれを表現しようとしている。彼は、西洋近代詩の歴史全体を一挙に受け入れ、自国の伝統に対して異議を唱える過剰な所作によってそれを凝縮する。中也は日本語の辞書に「フランス革命時に過激共和派がかぶっていた」赤いフリジア帽をかぶせる。いや、むしろ詩人はそこに、徹底抗戦を告げる黒旗を立てるのだ。中也は取るに足らない言葉（センベイ、アンダースロー）あるいは擬音《オノマトペ》（ダック　ドック　ダクン）を詩句に取り入れる。「歯磨き」などの突飛な事物を主題にダダ的なメロディーを作りあげ、冒瀆的な屈託のなさを徹底し、それらを供物として仏とキリストに捧げるのだ。中也は、美を辱め、雄弁の首を絞める。しかし、それらは最期の痙攣のなかで、哀歌のような、信じられないほどに悲愴な溜め息となって発散されるのだ。

中也はダダイスムを、自分の反抗心の高まりに呼応する無秩序への誘いとして受け止めた。しかし、その無秩序は、その本来の意味からは遠く離れているために、秘められた明るい可能性を増大させることになる。結局のところ、彼の関心はヨーロッパ詩にはない。気にとめていないのだ。中也にとってそれは、なじみがないというよりも、関心をひかないものだった。だからこそ中也は、世界の反対側にいる同時代の誰よりも自由に、屈託なくそれを取り扱うことができた。歴史的にみれば、ジャック・ヴァシェが予告し、トリスタン・ツァラが体現し、アンドレ・ブルトンがふたたび取り上げ、そして捨て去ったように、ダダイスム（ここでは、中也の意識にはなかった広い意味）は、象徴主義の否定と超克たらんとした。しかし中也は、徹底して反対の道を取ることを選んだ。彼は、ダダイスムのあとに続くべきは象徴主義だと判断したのだ。一篇の詩が彼のこの逆転の瞬間をなしているという。一九二五年に発表された「秋の愁嘆」である。

五

中也にとって、ランボーはツァラのあとにやってくる。小林秀雄が一九三〇年に『地獄の季節』と『イリュミナシオン』の新訳を上梓。すこしして、中也は『ランボオ詩集』の翻訳に取りかかる。ダダイスムは時として、「酔いどれ船」の作者の首をはねようとしていた。古びた詩の木偶人形と変わらないように見えたからだ。そのもっとも輝かしく、あからさまな例が、ルイ・アラゴンの処女小説『アニセまたはパノラマ』（一九二二年）である。『ダダ宣言』に直接影響を受けて書かれたこの小説のなかで、ランボーはかなり老け込んだ人物として描かれている。しかし、中也はそのことを知らない。それどころか、気にもかけていない。無知の特権によって、フランス文学史を入れ替えたり、ひっくり返したりして、流れを無造作に逆転させる。こうして彼は、自身の直感にそった逆方向の道を描き、自分に――とはいえそれは万人にも――価値があるとも考えられる真実をめぐる、特異な経験へと通じる道を切り拓く。

当然のこととして中也は、思うがままのランボー像を作り上げる。しかし、そうしながらも、中也の理解はランボーにたどりつく。ランボーの作品はモニュメントを成すのではなく〈前衛の理論において過去となった場所を詩人にあてがうような、現代性《モデルニテ》の系譜的な見方が期待をかける中継点でも、遺跡でもない〉、不断に開かれた未来の不確かさに向かって立ち去ることへの、絶え間ない鼓舞の繰り返しなのだ、と中也は理解するのだ。「詩はもはや行動にリズムを与えるのではなく、〈先駆するでしょう〉」とランボーは言った[6]。

イヴ＝マリ・アリューの訳が考えさせてくれるように、ランボーについての中也の読みは、真剣に受け止めるべきだ。というのも、中也の読解は、ランボーの言葉を絶えざる「前進」の極限へと位置づけているからだ。これは、ランボーの教えのひとつであり、これによってヨーロッパ近代批評が、彼にあてがった過去の場所と、お決まりの読解から、詩人は引き剝がされる。力強くも思いがけない逆説だが、わたしたちはこの教えを、フランス文学についての知識もフランス語能力も曖昧だったにちがいない日本人作家から受け取らねばならなかったのである。

この教え——それによって中也は、自分のために、あるいは自分とともにある者のために、前衛といわれる詩が長く居座るだろう型にはまった自己満足のニヒリズムからは外れた、意義のある道を切り拓く——が語られるのは、『ランボオ詩集』の後記であり、それに批評の遺言としての価値を与えても行き過ぎではないだろう。このテクストは一九三七年の夏に執筆された。中也三十歳、余命はわずか数か月だった。イヴ＝マリ・アリューが提案する分析を改めて取りあげねばならない。それによれば、件のテクストのうちに、ランボーの詩についての、ひいてはすべての詩についての中也の考えを表明する二つの表現、「感性的陶酔」と「生の原型」が見出される。中也が読み取っているように、ランボーの詩も、あらゆる正当な詩も、本物の真実との接触に通じる感覚の忘我から成る。だが、その真実とともに「名辞以前の世界」に通じるのは、逆説的にも言葉をとおしてなのだ。おなじ考えを別の言葉でも語ることができても、それは結局同様の言葉になる。詩と文学は「不可能なるもの」（『地獄の季節』が一篇を割いているあの「不可能なるもの」）の試練であり、個人がそれを通して現実そのものへと到達するような恍惚の経験によって構成されている。絶えず隠されてきた世界のその部分に通じるのは「陶酔」（生の熱狂して悲劇的な眩暈）のなかだけだ。それはまた、あらゆる意味に逆らい、すべての言葉がそこから生じてそこに彷徨うような深い淵を、言語の核心部分に開くのだ。

六

こうして中也は、ランボーの教えを、もっとも極端で壮麗な孤独のうちで自ら作り上げ、わたしたちに返してくれる。すべての本物の作家の教え同様、ランボーのそれもまた、生の試練を前提としている。それは何ひとつ欠けていない小説《ロマン》であり、もし望めば（だが、このような神話に身をまかせて何の意味があるというのか）、「呪われた詩人」の伝説のすべてを苦もなく見いだすことができる。すなわち、反抗、陶酔、情念、熱、悲劇、狂気、そして死、さらには灰となった炎をめぐる死後の探求。炎のなかではまだかなりの火の粉が光を放っているが、それは作者、読者、批評家のちいさな群れ（もちろん、わたしたちのことだ）がそこで明かりを採れるようにするためなのだ。生者に対して無慈悲に与えられた過酷な真実から身を守るために、都合よく伝説をこしらえるのは、あとに残された人びとだ。

中也の人生には、本質的な経験に必要なすべてがふくまれている。そのいかばかりが詩人の選択の結果であり、いかばかりが蒙ったものなのかは確定できない。そこにあるのは欲望の喜劇だ。あの小林秀雄も加わった恋愛の三角関係（英語では「フランス的三角関係」という）をめぐる途方もない物語だが、少なくとも長谷川泰子（時代を代表する二人のもっとも偉大な文学者に愛されたその人）の栄光は、彼女ほどの魅力もなく、彼女以上に面倒な性格のルー・アンドレアス・ザロメのそれに匹敵するだろう。[7]というのも、自分について小林秀雄と中原中也が書くことを引き出すために、彼女は絶えず自分を愛させる——それに勝るものなどなにもない——すべを知らなければならなかったからだ。そこには喪の悲劇もあった。小児結核で突然に他界した長男文也の死は、詩人にとって業火に焼かれるような経験だった。語り聞くところによれば、亡骸を棺桶におさめて荼毘に付すとき、息子にすがる中也を力ずくで引き剝がさねばならなかったという。もちろん右の文章で、「喜劇」と「悲劇」、そして「欲望」と「喪」は、完全に入れかえ可能だ。

詩の無益さや詩に対する憎しみを表現しないような詩は、その名に値しない。「ランボーの偉大さは、詩を詩の挫折へと導いたことだ」とジョルジュ・バタイユは書いている。[8]それは中也の偉大さでもある。彼の作品全体が表現するのはこのような作品の拒絶である。もっとも切実な情愛から二度までも引き剝がされたこと（長谷川泰子の喪失、文也の喪失）によって、情愛に背を向けることになる。自らが証言する虚無のうちに唯一の真実を注ぎ、またそこから唯一の真実を汲み上げる詩の言葉でさえそうなのだ。こうして、世界の光景《スペクタクル》は幻想的な装いを失い、そこかしこにいた艶美な存在（チルシスとアマント）や、神話上の創造物（人魚）は追い払われ、いまやからっぽになった空を雲雀だけが、つまり「雲の子どもたち」だけが飛ぶことになるのだ。

一九三七年秋――「もう秋だ！」――、中也は遺作となる二冊の書物、『ランボオ詩集』と『在りし日の歌』を仕上げた。そして三十歳でこの世を去る。小論を閉じるにあたっては、やはり中也の最後の詩のひとつを引用するに如くはなかろう。

おまえはもう静かな部屋に帰るがよい。
煥発する都会の夜々の燈火を後に、
おまえはもう、郊外の道を辿るがよい。
そして心の呟きを、ゆっくりと聴くがよい。

とはいえ、この詩に先立つこと十年、中也は別の詩のなかで、ずっと以前から倫理には終止符を打っていること、そして自分の歌だけが残ったことを認めている。そう、彼には、わたしたちには、この歌が残される。それで十分ではないか。

1 「新精神と詩人たち」若林真訳、『アポリネール全集』（紀伊国屋書店、一九六四年）、七八五頁。

2 ヴィクトル・シクロフスキー（一八九三―一九八四）は、ソ連の言語学者、文芸評論家、作家。ロシア・フォルマリズムの中心人物。『散文の理論』（水野忠夫訳、せりか書房）などによって、ふだん見慣れたものを見慣れないものとする芸術の異化作用について論じた。

3 イヴ＝マリ・アリューはフランスの日本文学者。Nakahara Chûya, *Poèmes*, traduits du japonais par Yves-Marie Allioux, Philippe Picquier, 2005.

4 仏訳では、「時こそ今は」は Voici venir le temps、『山羊の歌』所収の「妹よ」は Mon enfant, ma soeur（我が子よ、妹よ）と訳されているが、後者はボードレールの有名な詩「旅への誘い」の冒頭の一節である。

5 *Dada et surréalisme au Japon* [textes choisis, traduits et présentés par Věra Linhartová], publications orientalistes de France, 1987.

6 ランボーのいわゆる「見者の手紙」の一つ、一八七一年五月十五日付け若手詩人ポール・ドムニー宛てのものの一節。

7 長谷川泰子は女優志望で、多くの文士と交流があった。はじめ中原中也と同棲、後に小林秀雄と出会い、中原を捨てる。二人の関係はほどなく破綻するが、一連の事件を小林は「奇怪な三角関係」と呼んだ。長谷川泰子と比較されているルー・アンドレアス・ザロメ（一八六一―一九三七）はサンクトペテルブルク生まれのドイツ作家。ドイツの哲学者・医師パウル・レー、ニーチェとの三角関係のほか、リルケからも求婚されるなど、当時の有名作家たちと浮き名を流した。

8 バタイユの未発表原稿から。Georges Bataille, *Œuvres complètes*, t. 3, Gallimard, 1971, p. 532.

俳句とエピファニー　バルトとともに、詩から小説へ

一

死後出版というかたちで二〇〇三年に刊行された『小説の準備』は、ロラン・バルトがコレージュ・ド・フランスでの講義のために書いたノートをまとめたものである。『神話作用』と『S／Z』の著者が最後に残した思考のありようを明確にし、かつ展開しているこのノートは、バルトにとっては究極の再生を可能にしようという意図のもとで作られている。それはバルトが晩年を費やして思索することになるような再生、批評家バルトにとっては小説創造への移行を印づけるだろう再生であり、ダンテを引用しながら自身の「新生」と位置づけるものへの覚醒を表している。

自分のために自分の言葉で考え、大学的思考の規則をすっかり捨て、自分の固有名と一人称単数での語りのもとで、ひとつの思考にすべての力を傾注し、全身を投じる責を引き

受けてきたバルトは、主観的な経験の親密さを前提としつつ、現在時の小説がどのように可能なのか、その条件を問う。

だからこそ、彼の歩みは——いかに個人的なものであれ——わたしたちみんなに関わっている。その特殊性によって普遍的な価値が取り除かれてしまうことは一切ない。これから産まれる作品に対する夢ないし欲望に向かって進むことで、バルトの歩みは、現在を書く小説をめぐる仮説へと通じる道を開いてゆく。

二

ひとつの問いがバルトの思索の中心にある。彼にとって小説《ロマン》の生成とは、その大部分が、執筆の基本的素材となる短い表現形式（たとえばノート）から、それを統合し、包み込む物語《レシ》への移行にかかっている。創作の見地からいえば、問題は短から長、断続から連続、ノートから小説への変換なのだ。

バルトが自身のエクリチュールのうちで断章にどのような位置を与えるにいたったかはよく知られている。『ミシュレ』以降『S／Z』まで、まず断章はあらゆる批評的読書に不可欠な要素となり、ついで『恋愛のディスクール・断章』まで、あらゆる個人的エクリチュールに必要な要素に仕立て上げられた。意味がけっして固定されないことを目的とする、このような一貫した回避と離脱の戦略のなかで、断章は——作品を分裂させ、非線形で恣意的な論理に基づいて再構成するよう強いるがゆえに——バルトの仕掛けの主要部分をおそらく構成している。

作品を解体する脱構築の要素としての断章は、物語に対して批評と分析の力を行使する。ところが、小説への移行が求める「組立て」の操作という観点からすると、断章は障碍となる。明らかに問題は、断章の非連続性を、物語のなかで再発見された連続性に再び組み込むことだからだ。

この操作を反映させるために、バルトはふたつの主要な断章形式、すなわち俳句とエピファニーに取りくみ、そこに規範的な価値を付与することになる。バルトは両者を対峙させ、未だ見ぬ対話へと導く。逆説的なのは、バルトがどちらについてもほとんど知識も持たず、しばしばその意味するところを間違えていることだ。しかしそうした無知や誤解こそが、あらためてその可能性を伝えたいと思わせるような小説創造の試みに通じ、その核心に触れるもっとも正当な仮説を立てることを可能にしている。そこに見出すことができるのは、取り違えによる操作的な美しさの、もっとも説得的な例である。

三

バルトは間接的にしか俳句を知らない。だが『表徴の帝国』で明らかに重要なのは、「意味の家宅侵入」や「意味の疎外」と題された章が俳句に割かれている点だ。俳句は「悟り」の概念に近づき、そこから「言語の空おそろしい宙づり」の経験を作り上げている。それは「わたしたちの内なる『記号列』の支配を追いはらう空白、わたしたちの内側を育ててゆく心の歌の中絶[1]」なのだ。

このような俳句に対する認識が、鈴木大拙などが西洋に広めた禅の解釈に負っていることは明白だ。また、それがどういった点で、バルトにおける揺るぎない文学の概念――開講講義でのみごとな表明でも語られた、解放をもたらす「無言語 a-langage」としての文学の概念――と符合しているのかも十分理解できる。

それに、バルトは自分が俳句に強いている捻れやゆがみの効果についてはきわめて自覚的だ。一九七九年一月六日の講義は、「『私の』俳句」と題された思索ではじまっており、バルトはそこで、所有形容詞を用いたことを正当化し、その意味を明確にしている。『私の』という言葉は、エゴティスムやナルシシスム（この講義に対してはそうした非難が時々されたらしい）を意味するものではなく、というか最終的には意味するものではなく、ひとつの方法に、すなわち提示の方法、ことば《パロール》の方法に関係するものである[2]」。それはすべてをふくんで行われる「命名行為」なのだ。「私がこれから言うことのすべてに、私は俳句という名を与えよう。もっともある程度の本当らしさを込めてだが[3]」

四

俳句に、バルトはジェイムズ・ジョイスの言うエピファニーを結びつける。ジョイスが『スティーヴン・ヒーロー』でエピファニーに与えた定義はこうだ[4]。「彼にとってエピファニーとは、話し言葉やしぐさの卑俗さによって、あるいは精神それ自体の、ある忘れがたい位相によって表されるような、突然の霊的な発現だった。細心の注意を払ってエピファニーを記録することが文人の責務だと考えていた。というのもエピファニーはもっとも繊細で、もっとも消え去りやすい瞬間を表していたからだ」

バルトが俳句以上にジョイスのエピファニーに通じていたわけではない。じつはその知識は、彼の友人パトリック・モリエスから引き出したもので、モリエス自身、リチャード・エルマンの記念碑的な評伝にある若きジョイスについての文章をバルトのために要約したのだった[5]。それにもかかわらず、エピファニーの概念は特別な意味つまり、参照項という価値をもってバルトへと伝わっている。それは、バルトがつねに彼らとの連帯を望んだ前衛の作家（ビュトールからソレルスまで）や、現代の理論家たち（ジャック・ラカンを筆頭とする）が『ユリシーズ』の著者にあてがった意味であった。

しかしバルトはエピファニーのうちに、とりわけ彼が「偶景」と名づけるもの――何かが不意に生じ、姿をあらわす場であり、俳句との親和性が強調される――との類似を認めている。この「偶景」からは、真実のある種の形象が立ち現れるが、それは日本文学では「悟り」をめぐる禅の論理に従って、そして西洋文学ではジョイス自身が「何性 quidditas」という語を用いてトマス・アキナスの思想に結びつけるカトリック神学との関連で語られる。バルトによれば、短い書きつけは「これだ！ C'est ça.」という言葉の表れであり、どんな注釈にも還元できない、剝き出しのままに浮かび上がる現実の、突然の啓示なのだ。

五

しかし依然としてノートから物語への移行の問題が残っている。バルトにとって、俳句の実践もエピファニーのそれも、小説の発明に必要な移行を可能にするものではない。「真実の瞬間」をしめす短い表現形式は、虚構の偽りを受け入れねばならない。それは、自らの偽を引き受けながら、的確な場所を与えられた愛と死の表現を「長き流れ」のうちにふくみ持つ言葉《パロール》へと変貌をとげるためだ。だからこそバルトは、講義の第一部をプルースト礼讃で締めくくる。来たるべき小説の規範としてこの作家を取り上げ、思索の過程で俳句とエピファニーが構成してきた暫定的な参照項をいわば超越するものとして『失われた時を求めて』を提示するのだ。

しかし俳句とエピファニーは、この転換自体を禁じるどころか、それに荷担し得る。バルトはその頃フランスに紹介されはじめたいくつかの選集を通してしか俳句を知らなかったので、日本の古典――とりわけ「日記」と「俳文」――において散文と詩が織りなすきわめて複雑な相互作用についてはまったく知らなかった。ところが一部の批評家が明らかにしたように、それこそ夏目漱石から川端康成にいたる近現代日本の偉大な小説にも通じているものだ。同様に、ジョイスの処女小説がエピファニーの奪回となっていると知りながらも、バルトは作家の試みが失敗だったと結論づける。しかしながら、『スティーヴン・ヒーロー』のケースを越え、『芸術家の肖像』から『ユリシーズ』を経て『フィネガンス・ウェイク』に至るまで、ジョイスの作品は失敗どころか、現代の大小説が詩的断片をふくんでそれを真の物語の素材にできるということを示しているのである。

以上のような次第にもかかわらず、バルトはこの二重の無知によって、専門家といわれる多くの人たちよりも俳句とエピファニーの本質を理解している。そして、コレージュ・ド・フランスの講義の最終部で展開される、小説についての的確な思考の原理を提示するに至るのだ。

真の小説——バルトにとってそれは、プルースト的モデルから熟考されたものであり、虚構の運動のなかに愛と死の瞬間を組み入れることに成功する小説のことだ——、それをエピファニー的小説と名づけることもできる。そしてそれは、東洋と西洋の文学、かつての小説と現代の小説がおなじように例証している、散文と韻文、小説と詩、虚構と真実のあいだのある種の相互作用からその原理を引き出すことで着想できる小説のことなのだ。

1 ロラン・バルト『表徴の帝国』（宗左近訳、ちくま学芸文庫）、一一八頁。

2 ロラン・バルト『ロラン・バルト講義集成三　小説の準備』（石井洋二郎訳、筑摩書房）、三九頁。

3 同書、三九―四〇頁。

4 『スティーヴン・ヒーロー』は、ジョイスの未完の小説。一九〇四年に執筆した美学をテーマとしたエッセイ風の物語『芸術家の肖像』を小説へと改稿したもので、一九四四年に死後出版された。この小説は後に再度全面的に改稿され、『若い芸術家の肖像』として刊行された。*Stephen le Héros*, trad. de l'anglais par Ludmina Savitsky, Gallimard [1948], p. 512–514.

5 パトリック・モリエス（一九五二―　）はフランスのジャーナリスト、作家、出版人。ロラン・バルトの学生で友人でもあった。リチャード・エルマン（一九一八―一九八七）はアメリカの文芸批評家。アイルランド文学の作家たちの伝記で知られる。その浩瀚な『ジェームズ・ジョイス』（一九五九年）は一九六二年にフランス語訳が出され、それをモリエスはバルトに要約して伝えたようだ。『小説の準備』一七四―一七九頁。

寒さ沁みいる花と雪

一

日本で、雪を再発見した。雪は、桜が開花してまもない都内のそこかしこの公園にわけもなく降っていた。冬と春との邂逅だった。この珍しい現象に惹かれるように、厳しい寒さの街にはいつも以上の人出があった。凍てついた枝々に数日だけつく桜よりも、さらに繊細で儚い花を思わせる雪片が、白に白を重ねてゆったりと中空に舞っていた。

それ以来、雪は絶えずわたしの旅先についてまわった。北海道では、すべてを覆い尽くして何か月ものあいだ降りつもる雪が、札幌の区画整理された街路に重くのしかかる。あのときの雪は、わたしを追って九州にまでやってきた。太宰府の梅の咲き誇る天満宮から少し離れた光明禅寺だ。左右対照の木造の寺は、まわりに何もない引きこもった場所に建てられていて、すっかり孤立していた。寒さに追いたてられたのか、訪れる者たちもまばらで、閑散としている。前庭にも後庭にも枯山水が広がる。熊手で同心円が描かれた砂利のなかに、空にむけて屹立する黒々とした石の輪郭がいくつか浮かび上がっていた。苔に呑みこまれたような、盆栽サイズの立石は、「光」の文字をかたどるように配置され、雪の色あいが砂利のそれに加わって、目が眩むほどの強さだ。そして、白色のなかに配置された石々の黒く閉ざされた姿との対照が、その目映さを、直視できなくなるほどまでに強調していた。物音ひとつしない。寒さが澄んだ沈黙のうちに思考のすべてを飲み込んでしまっていた。世界は、そのもっとも奥深いところで、静かに消え去ってしまっていた。

光明禅寺にて

冬春か　寒さ沁みいる　花と雪

二

旅する者は、ある種の伝統的な日本のイメージによって、俳句の世界へと抗いがたく誘われる。俳句を紡ぐには十七音あれば十分であり、その糸を、森羅万象を要約するようないくつかの珠玉の感覚が伝ってゆく。それらが、どんな精神の持ち主でも満足するような、それにふさわしい霊感の素材となる。

この霊感が禅で言うところの「悟り」に結びつきうること、とりわけ日本最大の詩人である芭蕉においてそうだと、ものの本には書いてある。なかでも鈴木大拙は、著名な文章で、芭蕉の一句を次のように評した。「枯枝に止まれるわびしき鴉には大きな『超越』がある。万物は未知の神秘の淵からくる。そのいずれの一つをも通して、ひとはその深淵を覗き込むことができる。かようにその深淵をのぞくことで目ざまされた感情に、ハケロを与えるためには、数百行の壮大な詩を作るにはおよばぬ。感情が最高潮に達したとき、ひとは黙したままでいる。いかなる言葉も適当でないからだ」

こういったことはたしかに本当ではある。しかし、俳句がもともと遊びであり、今日に至るまでつねにそうだったことを忘れたままに、人はこの点ばかりを語りすぎたのではなかろうか。俳句の実質的な簡潔さのうちにあるのは、筋道のたった言説に対する明らかな無関心であり、これによって、俳句は哲学的観念論や詩的心霊主義などに取り込まれることを頑として拒む。ところが、西洋においては、俳句の文学的成功は観念論や心霊主義によってもたらされたのだった。欧米で、言語を絶するものの、得も言われぬものの、断片的なるものに関する美学の、現代的なミニマリズムが引き合いに出してくるのが俳句である。だがその際に忘れられがちなのは、俳句がなによりも芸術の幼年期であるという事実だ。俳句は、あらゆる文学、哲学、宗教に抗って、世界が自らに充足しつつそこにあるという驚異的で優しい事実を、単純に指し示すだけなのだ。

極端だが為になる例の独特の語り口で、エティアンブルが指摘するのはそのことである。彼は俳句の流行について検証し、「俗物化したヨガや、安売りの禅をもたらす表面的な統合主義」を非難する。なぜならそれが、俳句を「何にもまして（語の宗教的な意味において）霊的なジャンル」に仕立て上げるからだ。「シレジウス、ニーチェ、キーツ、スピノザ、ホイットマン、エピクテトス、アウグスティヌス、マルクス・アウレリウス・アントニヌス、マイスター・エックハルト、ヘンリー・デイヴィッド・ソロー、パウロ、ワーズワースやその他諸々が、芭蕉、其角、一茶、芥川とその仲間たちとともに、ロシア風（あるいは日露風）サラダをつくっている」

そもそもあまりに頻繁に供されるこのようなサラダによって、不意に消化不良を感じるのは健康的でもある。胃のもたれは、たがいに似つかない経験の数々を混ぜ合わせているからではなく（真実は、それを感じ、表現する言語が何であれ、おしなべてただひとつなのだ）、それらの経験を、陳腐な精神性のうちに流し込んでしまうことから生じる。そこでは、生きられた瞬間の、鋭利で、胸を引き裂くような、手のつけられないほどに大きく口を開けた切っ先そのものが失われてしまうのである。

三

啓示は場所や時と関係なく現れる。エズラ・パウンドは、彼自身が俳句だと見なしていた作品を、英語で産み出した西洋で最初の詩人のひとりであり、その『リポステス（当意即妙）』（一九一二年）にはこう記されている。

人混みのなかのさまざまな顔のまぼろし
濡れた黒い枝の花びら[2]

「地下鉄の駅で」と題されたこの詩は、パリのコンコルド駅のホームでつくられた。今日のパリ、ニューヨーク、ロンドン、東京、上海に、同様の詩を導きだす場所は無数にある。ランボーはそれを「イリュミナシオン」と呼んでいた。そしてジョイスは「エピファニー」と名づけていた。コンブレーのサンザシやマルタンヴィルの鐘塔、あるいはヴェネツィアの不揃いの敷石を喚起するプルーストもまた、それに相当するものを思い描いていたに違いない。これらの作家の誰ひとりとして、禅や俳句、あるいは訪れるはずもない日本のことを、真剣に気にかけたりはしていなかった。もちろんそれで構わなかったのだ。太宰府の梅花に舞う雪片が、庭石と白い砂利のかたわらで生んでいたあの感覚。真実に対してじゅうぶんに開かれた精神にしてみれば、同様の感覚を産み出さない場所など、この世界には存在しないのだから。

俳句はいかなる悟りの境地を表現するものでもない。それは時の流れにつけられたごくわずかな切れ込みであって、鮮明だが微かなあの句切れなのだ。そこに見えてくるのは眩暈の螺旋であり、それはどこにも開かれることなく、過ぎゆく現在を急きたてる。そして、瞬間のありふれた切っ先で、その現在を宙吊りにする。

1 鈴木大拙『日本と日本文化』(北川桃雄訳、岩波新書、一九四〇年)、一八七頁(第七章　禅と俳句)。
2 『エズラ・パウンド詩集』(新倉俊一訳、小沢書店、一九九三年)、二六頁。

III

取り違えの美しさ　〈私〉の小説、私小説、異質筆記《ヘテログラフィ》[1]

一

　わたしはつねづね思ってきました。いつの日か日本文学に関する研究をまとめることになったら（まったくの門外漢なので、無鉄砲ではあるけれども）、プルーストに想を得た「取り違えの美しさ」という題にしたい。そして、エピグラフとして、『サント＝ブーヴに反論する』のあの有名なくだりを記したい、と。

「美しい本はみな一種の外国語で書かれている。読者は単語の一つ一つに自分なりの意味、あるいは少なくともイメージを込めるが、それは往々にして意味を取り違えたものだ。しかし美しい本の場合には、そのような意味の取り違えがすべて美しいものとなる」

　日本文学を構成する美しい本の何冊かを読んで感じたことは、外国語のうちでわたしにもっとも遠い言葉で書かれているのに、この遠さこそが逆説的な形で、当惑するほどの近さを感じさせる要素になっているということでした。というのも、知らない単語に出会ったとき、そこに間違った意味や誤ったイメージを忍び込ませることができるという、奇蹟的な自由が与えられ、そこから新しい美の機会《チャンス》が生まれてくるからです。

二

日本に関して、今日のフランス人作家が抵抗すべき誘惑の最たるもの、それは、「曰く言いがたきもの」といった類いの異国趣味でしょう。西洋では、諸々の「神話」(ロラン・バルトが用いた悪しき意味で)が横行しています。それによれば、日本は、西洋人にとって理解不可能で入り込むことのできない特権的な思考の場ということになります。東西の文明を隔てる還元できない精神構造の差異があり、どんなかたちであれ真の交流《コミュニケーション》がありえないためです。また、日本人の思考の特徴は、根源的な「他者性」であり、それは西洋人の目には驚くべき対象ならざる対象としてのみ存在するなどとも言われます。つまり、西洋流の表象の場からは遠く離れたところにあり、西洋の解釈図式を頑として受け付けないがために、よりいっそう魅力的な、対象ならざる対象である、と。

私見では、おそらく『表徴の帝国』(一九七〇年)におけるロラン・バルトのみごとな知性のみが、明晰さと皮肉と用心深さを幾重にも重ねることで、日本の誘惑に身を任せつつ、この陥穽を逃れることができました。他のフランスの作家たちの場合は、交流《コミュニケーション》不可能という神話が中心となって、禅思想やポストモダンの美学が持ち出され、月並み極まりない異国趣味によって、日本のイメージが作り上げられるのです。フランスでは現在、このような神話から幾多の論文や小説、さらに多くの詩が生み出されていますが、ここでは用心と礼節心からこれ以上は申し上げません。

わたしはと言えば、好きな日本人作家の作品に近づきがたさを感じたことは一度もありません。それどころか、作品がわたしに語りかけてくる（素朴に言えば、わたしのこと、わたしの生活、わたしの生きている世界について語りかけてくる）という印象を持ってきました。そして、こんなふうに外国語で語りかけられているのだから、わたしへと差し出されたこの友情に満ちた兄弟の言葉に対して問いを発するかどうかは、わたしの問題だと思われたのです。

三

「美しい本はみな一種の外国語で書かれている」とプルーストは言ったわけですが、これは一般法則と言えるでしょう。日本文学を構成する美しい書物がこの法則の証明ですが、それは他のあらゆる本にもあてはまります。谷崎の作品が、彼に酷似しているナボコフの作品と比べて、より遠いわけではないし、芥川とカフカでも同様です。芭蕉や一茶は、よく考えれば、ラ・フォンテーヌやラマルチーヌとおなじくらいわたしを当惑させます――彼らが実は同時代を生きていたことを、われわれは忘れがちです――。ジョイスやセリーヌやフォークナーにわたしには理解できない何かがあるとしても、それはある意味で、太宰や川端や三島に別のかたちで理解できないものがあるのと、異なりはしません。文学は、つねに不可能なものの経験であるがゆえに、考えうる意味作用の限界に個人を直面させるのです。

わたしの言う「意味の取り違え」は、「無意味」、「意味の枠外」、「意味の免除」ではありません（この最後のものはロラン・バルトが『表徴の帝国』で展開した議論の要となっている概念です）。つまり、人間を虚無の境界に打ち捨て、一種の空虚な啓示に永久に委ねてしまうような無の岸辺にある、絶対的で決定的な迫り台のようなものではないのです。意味の取り違えは、共通の言語があることを前提としており、そのなかでは、ひとつの語が別の語に取って代わり、あるイメージが消え去った後に新しいイメージが入り込み、そうしてテクストからテクストへ、書物から書物へ、言語から言語へと、言葉は素晴らしくもさすらい、自分に欠けているものを求めて彷徨することになります。求めているものはむろん見つかりませんが、言葉はだからこそ永遠に動き、活動する、つまり、生き続けることになるのです。（作品間の、したがってそれらを書いたり読んだりする個人の間の）、こういった想像上の行き来は、意味の取り違えがあってこそ可能です。というのも、取り違えが前提とするのは、意味が存在しながらも、それが弱まる地点がどこかにあることであり、目立たない裂け目、わずかな断絶、傷のようなものがあり、バタイユ流に言えば、そこを通って人々の間での交流《コミュニケーション》がふたたび真の意味で可能となるのです。

日本の作家で、この感覚にもっとも似通った印象を与えるのは、夏目漱石です。理解しつつも理解できていないという印象、小さいけれども抵抗する謎、単純だからこそ解けない謎に触れているという印象を持ちます。漱石本人がイギリス留学中にシェイクスピアをはじめとする西洋の作家を読んで、おなじ難題《アポリア》にぶつかったことをわたしは知っています。しかしこの難題《アポリア》は、言語や文化の違いだけに起因するのではないでしょう。わたしたちが世界に存在する条件そのものに関わる、より普遍的な「よそよそしさ」の感覚、これこそ文学が、そして文学のみが表現できるものであり、その感覚が、そこに見てとれるのです。わたしが感動した漱石の二つの作品を援用して説明するならば、閉じた扉の前に惹きつけられ、引き返すこともならず立ちすくんでいる気持ち、透明な硝子戸の背後にある実存をじっと眺めている感覚と言えるでしょう。漱石の作品をすっかり理解できないとしても、漱石自身を真実や人生に結びつけていた、あの憂鬱で甘美な了解の不可能性が、わたしにもすこしはわかる気がするのです（もちろん、それも誤解かもしれないのですが）。

四

日本の近代小説は一つの誤解から生まれた――たいていの文学史にそう書かれていま

す。日本が西洋の文学に目を開き、大混乱のなかで次々と翻訳がなされていたころ、日本の作家たちはヨーロッパの自然主義を取り入れたつもりで、その意味内容を完全に誤解した、と。ゾラの企ては、科学万能主義とでも呼べるほど客観的であったのに、日本の作家たちは、人間存在のもっとも主観的な部分を表現する文学を求めた。手本とする西洋の近代主義的理想に従うというのは上辺だけで、その下で古い日本の詩の手本が息を吹き返した。物語は世界の社会的側面から目をそむけ、最大の孤独のうちで人間の心の深みを探求することにのみ関心を向けた、というのです。

ここで参照すべきは、田山花袋の『蒲団』(一九〇七年)です。わたしがこの小説に心動かされるのは、まだ若いと言っても差し支えない作家(ダンテが「人生の道半ば」と呼んだ三十五歳を過ぎたばかり)が、自分のことを西洋の小説中の人物(ツルゲーネフやモーパッサンなど)だと思い込んだこと、つまり異国の作家の想像力から生まれた純粋に虚構の存在を真に受けて、それを手本に自分自身の肖像を作り上げ、その肖像を用いて自分の人生の葛藤を舞台にのせ、実験的にその葛藤を解決しようとしたことです。文学への盲目的で恣意的で、ほとんど狂気とでも呼べるほどの信頼がなければ、そのようなものに自分の人生を預けることなどできないでしょうし、他人(それも、別の国の、別の時代の)が夢みた作り話に魔法のような効力があって、自分の存在のもっとも奥深い秘密に関する真実に触れさせてくれるなどと信じることもできないでしょう。〈私小説〉は、このようにして生まれたと言われているのです。

五

田山花袋の身振りにわたしが惹かれるのは、わたしもまた人生の道半ばに至り、何かを書くこと以外の方法ではこの峠を超えることはできないと思い、花袋の世代の日本人作家たちにとっての西洋文学とおなじくらい、わたしにとって遠い国の文学へと目を向けたからです。滑稽なことを充分意識しつつ敢えて言いますと、わたしは自分のことを日本の私小説の主人公であると信じ込んでみたのです。このとんでもないことを敢えて信じ込んではじめて、わたしは自分の最初の小説に取り組むことができました。

こうして、わたしは〈私小説〉の主人公であると夢みたのです。しかし、まだ〈私小説〉が何なのかはまるで知りませんでした。気に入った日本の作品はどれも、この巨大で包括的なカテゴリーに属すように思われました。明らかに自伝的な物語（例えば太宰の作品）、作者の生活の何かが表現されていると思われる教養小説（三島の『仮面の告白』、大江健三郎の『個人的な体験』、さらにはわたしにはその抒情的面しか捉えられなかった中上健次の物語）、迫真の表現によって、本人の経験に由来しているとしか思えない作品（例えば漱石の小説のいくつか）。かなり後になってようやくわかってきたのは、これらの作品の多くが、厳密な意味での〈私小説〉に対する反撥から書かれたことであり、〈私小説〉をもっとも激しく批判した作家たちによるものであることでした。

証明には緻密な手続きが必要ですが、それは別の機会に譲って結論だけを述べることにしましょう。本格的な比較を行いさえすれば、主体の問題をめぐる議論に関して、フランスと日本の間できわめて類似した状況が明らかになることは確かだと思われます。おなじような難題が探求され、おなじような拒否反応を引き起こしたからです。

六

自伝小説が持つ告白形式は、その始まりにおいてはリアリズムの主張と緊密に結びつきます。そのことは、〈私小説〉がヨーロッパの自然主義の誤った解釈の下に生まれたという事実に明確に現れています。自分の生活を作品の唯一の主題とすることで、作家は真理を容赦なく追求しようとする欲求を表現します。ところが、すぐにひとつの逆説に突き当たり、そこからすべてが導き出されることになるのです。というのも、自らの人生を語ろうとする者は、どうしてもそれを小説に仕立ててしまうからです。それゆえ、真実と作り事、現実と虚構の間の境界線はたちまちに消滅してしまいます。小説家は、文学創造に固有であるこの奇妙な現象に必然的に目を開かれることになるのです。つまり、真実はつねに虚構《フィクション》の姿をとるのであり、この虚構を倍加すること〈虚構の虚構〉によってのみ、真理の場に立ち戻る可能性があるということです。日本の作家たちが〈私小説〉に向ける反論も、フランスで自伝的文章に向けられる批判も、まさにこの点に関する意識から来ているのです。真実は、虚構という回り道によってのみ到達できるのであり、だからこそ小説《ロマネスク》に固有の手段（ことに想像力）に頼ることを放棄してはならないということです。というのもそれこそが、告白的な語りの誠実で透明な手法が提起する現実以上に、起伏に富み、幅広く、正確な現実のビジョンに到達できる道だからです。

七

最近、わたしは「小説、私」という論文を書き、ささやかな理論を提起しました。自己に関するエクリチュールを分類すると、「エゴ文学」、「自伝的虚構《オートフィクション》」、「異質筆記《ヘテログラフィ》」という対立し補完し合う三つの形態があるというものです。「エゴ文学」とは、形式は様々ですが、理論的問いかけなしに、自らの「自我《モワ》」を対象として、自分を語り、描こうとする、ある個人の人生の物語のことです。そこでは、あらゆる意味の根源としての「実体験」がエクリチュールを支配します。日本の〈私小説〉もフランスに見る自伝も、もっとも単純で素朴なものはこの「エゴ文学」に入ります。

「自伝的虚構《オートフィクション》」（一九七〇年代末にセルジュ・ドゥブロフスキーが導入した語の借用ですが）は、「エゴ文学」が先に述べた逆説を意識する段階を指します。[2] つまり、人生の真実を語ることによって、それが小説となってしまうという逆説です。「自伝的虚構《オートフィクション》」では、作者は依然として自分の自我を対象としますが、そのなかに小説が構築する虚構を発見するようになるのです。その意味でこれは、想像力と発想力がその力を自由に発揮できるように、小説的《ロマネスク》なものへと委ねられた自伝と言ってよいでしょう。

しかし、もっとも重要なカテゴリーは、上記の二つを対立させるために導入した第三の「異質筆記《ヘテログラフィ》」です（バタイユが「異質学《ヘテロジー》」呼んでいたものにちなんでわたしが作った造語です）。これは、自己に関するエクリチュールにおいて作者が、「現実」を「不可能なもの」として「経験」する時に、エクリチュールが変化してゆくその先を指します。ここで「経験」「現実」「不可能」はいずれも、バタイユが（そして、それに続いてラカンが）それらの語に与えた強い意味で解さねばなりません。そこでは、〈私〉は自らを消し去ると同時に主張しつつ、欲望と喪、愛と死といった人間の条件をなす次元に直面して感じる意志の引き裂かれを借りて、自分を試練にかけるのです。

八

こうした区別が必要だと思われるのは、現代小説における主体の問題をめぐって今日、大きな混乱が見られるからです。ご承知の通り、〈私〉を前面に出す語り口は長い間、政治的観点からも文学的観点からも猜疑の目で見られてきました。政治的には、自伝小説はブルジョワ的で個人主義的なエゴティスムへの嗜好を培い、歴史への関与《アンガジュマン》から作者を遠ざけるものとして批判されました。文学的には、自伝小説に対して、テクストの内在的な秘密に向けてつねに発せられる、匿名の言葉の純粋な場というテクスト理論の美学が提起されました。いずれの観点からしても〈私〉は禁じられたわけです。

しかし状況は大きく変化しました。まるで天秤が逆に振れるように、昨日まで排斥されていた〈私〉がいまや花盛りです。しかも今日流行しているのは、自伝形式のなかでももっとも脆弱なもの、つまり、万年思春期のようなナルシシズムや、退行的なアイデンティティの探求を表現していて、文学的にも思想的にもどんな問いかけもなく、現実との本当の対決さえないような作品ばかりです。ごく最近の文学作品のかなりの部分は、したがって、わたしの分類で言えば第一の「エゴ文学」にすぎません。一方、フランス人作家が自己から目をそむける場合は——時にポストモダンの装いの下に——、探偵小説、歴史小説、冒険小説など、ロマネスク形式のなかでももっとも使い古されたものに回帰することが多いのです。

わたしは、あらゆる偉大な文学、真の文学は、バタイユが「経験」と呼んでいたものに依拠すると確信しています。いかなる意味でも本物であることを諦めない限り、〈私〉を避けて通ることはできないはずです。「エゴ文学」をその狭い世界から引き離し、「自伝的虚構《オートフィクション》」や「異質筆記《ヘテログラフィ》」というより徹底した視野へと目を開かせることによって、自伝的エクリチュールの、より複雑で、より不安定で、より非断定的な形式に到達する方法論を見出すこと、これこそがわたしの課題なのです。

九

自伝的エクリチュールの、より不安定で、より複雑で、より非断定的な形式。これこそ二十世紀の日本文学が提供しているように思われたものなのです。なぜそういったことが起こったのか、その文学的、哲学的、宗教的、政治的、心理的理由については、他の人びとがわたしよりうまく説明していますし、これからもしてくれると思うので、わたしとしては、疑わしい拙速な一般化に陥りやすいこの領域に踏み込む危険は避けることにします。いずれにしても、日本流の〈私小説〉は、西洋の「エゴ文学」の特徴であると同時にその限界でもある告白の構造を習得することに失敗したように思われます。漱石の『硝子戸の中』の最終部は、憂愁と微笑をもってこの失敗を崇高なかたちで描いていますが、じつはこの失敗の感覚によって、個人は自らの人生を平静で皮肉な眼で捉えることができるのです。というのも、この失敗は、それを可能にした最初の意味の取り違えと同じように、積極的で豊かな意味をはらんでいるからです。この失敗こそが、日本文学を小説的歯車の機械的で見えすいたゲームから守ってくれたのです。ヨーロッパから輸入され、主体を至高で一枚岩的なものだとする考えに支配された、ある主の十九世紀的リアリズムが生み出した小説的歯車の機械的で見えすいたゲームから。またこの失敗によってこそ、日本の小説の内部にはある種の「(自己への) よそよそしさ」の原則が保たれているのです。この「よそよそしさ」のおかげで〈私〉は、つねに自身とは異なるものとして再発見され、あらゆる精神現象や物質的現象の有為転変に委ねられ、事物だけでなく、言葉の間をもすり抜け、〈私〉は現実を制御不能なありかたで、そして自己から脱出するありかたで経験することができるのです。

芥川龍之介は〈私小説〉を、来るべき国際的な文学の前衛をまさに表現するものと見なし、これをセザンヌの油絵になぞらえたと言います[3]。セザンヌの作品ではデッサンの論理的すぎる構成が解体され、色彩が描線に優先するような、フォルムの新しい秩序に取って代わられています。わたしの確信、と言うより直観では、芥川の予言は、必ずしも人びとには理解されないまま成就したのです。というのも、わたしが読んだ近代日本の偉大な小説は、文学における〈私〉のより複雑な見方に貢献しているわけですが、それはわたしがこれまでそれについて書いてきた、フランスの偉大な実験小説（シュルレアリスムや構造主義の前衛小説など）との関連でわたしには意味を持ってくるからです。これらのフランスの偉大な実験小説においては「私は誰か」という問い——アンドレ・ブルトンの『ナジャ』（一九二八年）で初めて導入されたもの——が、根本的な形で提起されています。どちらの場合も、ある種の心理的リアリズムを疑問視しているのであり、それによって虚構《フィクション》の言語において現実からの呼びかけが聞こえるようにしているのです。

近代日本の作家たちは、その作品のなかで、いわゆる「主体」を完全な形で構築することに失敗したわけですが、同じ時期に西洋の前衛作家たちもまた、この主体を完全に脱構築するテクストを生み出すことに失敗しました。こうして、両国の作家たちは、自分がいったい何に貢献しているのか必ずしも意識せぬまま、彼らの虚構《フィクション》を一つの場に変えていたのです。つまり、自分を語るために、人生の本当の小説（エゴ文学）が必然的に作り事の想像性（自伝的虚構《オートフィクション》）や現実の不可能性（異質筆記《ヘテログラフィ》）へと開かれていく場です。

十

最後にシンポジウムの主催者のお言葉に甘えて、自作についてすこし述べさせていただきます。『永遠の子ども』と『一晩中』は、「エゴ文学」に属する小説です。わたしは癌によって連れ去られることになる四歳の娘の死について語っているからです。しかし、二作とも「自伝的虚構《オートフィクション》」でもあります。というのは、この出来事が作り話と神話の世界に共鳴しはじめただけでなく、苦痛の経験が、アニメ映画や妖精物語という幼児の言語のうちでと同時に、偉大な詩人（ユゴーやマラルメの作品）の言語のうちでも語りはじめたからです。こういったことはみな、わたしが「異質筆記《ヘテログラフィ》」と呼ぶものに属します。つまり、語り手自身（その人生や性格）よりも、彼が直面した欲望と喪の「経験」が彼にかいま見せた「不可能性」のほうが問題なのです。

ところで、この二小説はいかなる意味で「日本の誘惑」を表現し、わたしがここにいる理由となるのでしょう。他のフランス人作家の書いたものとは異なり、わたしの小説にはサムライもヤクザも出てきませんし、芸者も禅僧も出てきません。神社や、パチンコ屋の場面もありません。切腹の儀式も描かないし、茶の湯の洗練された感覚にいたっては皆目無知です。こういった民俗趣向という点では、『永遠の子ども』にアニメの主人公である日本の少女が出てくる程度です。超能力を持ったブロンドの少女で、フランスで連続放映され、わたし自身一度も欠かさず見たアニメ番組で有名になりました。ただ、このシンポジウムのようなまじめな討議の場で発表する理由としては、弱いことは確かです。

じっさい、わたしが日本文学に負う――深く、真実の、感動的な――負債は、全く別の次元のものなのです。より正確に言えば、この負債はわたしを二人の日本人作家に結びつけています。作品全体が子に対する親の愛情の問題で占められている二人の作家です。『永遠の子ども』のある章においては、大江健三郎についてかなり長く触れています。津島佑子からは『一晩中』のエピグラフの文章を借りました。

大江健三郎からは、人生の耐えがたい謎から目を逸らさないことに、いかに偉大なものが潜んでいるかということを学びました。そして、もう一つ。死や死のもたらす無言の叫びに屈しないために、苦痛は柔和なものとなる必要があるということも。真の文学は、批判的知性の明晰さをけっして放棄することなく、もっとも真実の愛情という優しさの場を、休むことなく問い続けねばならないのです。

津島佑子は、大江が明かしてくれたことを感動的なかたちで再確認させてくれました。人生という小説には終止符はけっしてないという確信、自分の人生という小説は、もっとも遠い過去のほうへ、そしてもっとも不確実な未来のほうにも、時間のあらゆる方向に向かって光を放っているという確信です。そして、勇気づけられもしました。自分の夢をけっして諦めてはいけない、自信を持って夢を追求し続け、自分の人生の真の物語に夢が導いてくれる先人未踏の地点まで突き進むように、と。

十一

このあたりで話を終えることにしましょう。日本文学についてはまったく無知なので、話せば話すほど、事実に反したことや、いい加減な発言を重ねそうです。文学の知見の進歩に有効な貢献をするなどという期待は持てません。この点に関してはお詫びを申し上げなければなりません。それでも、本日の討議にもうすこしだけ混乱をもたらすことはできそうです。

日本語の私小説という表現は、ドイツ語の《Ich-Roman》に由来すると説明されることがあります。わたしはそのフランス語訳として新たに《Roman du Je（〈私《ジュ》〉の小説）》を提案し、この用語を定着させたいと願っています。言葉というものが、このように国から国へと旅をして回り、人びとがその言葉に結びつけた最も切実な希望や夢を、自分と一緒に連れて回ることが必要なのです。

美しい本はみな一種の外国語で書かれている、とプルーストは言いました。ところで、物語から物語へ、生から生へ、作品から作品へと、それらの感動的な美しさが終わりのない旅を続けることができるのは、まさに意味の取り違えがあるからなのです。

1　この講演は、二〇〇一年に日仏会館で行われた「日本の誘惑・フランスの誘惑」というシンポジウムでのものである。

2　セルジュ・ドゥブロフスキー（一九二八—　）はフランスの文学批評家、小説家。一九七七年に発表した小説『糸／息子』（*Fils*）を「自伝的虚構《オートフィクション》」と位置づけた。

3　芥川は『文芸的な、余りに文芸的な』の「『話』らしい話のない小説」で私小説とセザンヌの油絵を関連させている。

私小説と自伝的虚構《オートフィクション》

小林秀雄『私小説論』の余白に[1]

一

自伝的虚構《オートフィクション》に関する今回のシンポジウムへの参加を求められたのは、わたしの作品がこの形式にもとづいて書かれていると思われたためのようです。そこで、まず、すこしだけ個人的な話をすることをお許しください。

わたしは二〇〇一年に大江健三郎論を発表し、二〇〇八年に写真家荒木経惟についての本を書き、二〇〇四年には小説『さりながら』でも日本を舞台にしましたが、それらを除けば、日本文学に関わる記事、講演、論文（もっとも古いものは十五年も前にさかのぼります）を二冊の論集にまとめました。わたしの論集は、ジョイスから借りた『アラフベッド』というシリーズ名で出しているのですが、その第一巻の『取り違えの美しさ』は日本の小説を中心に、第四巻『俳句、その他』は詩に関するものとなっています。

第一評論集の題名は、その冒頭を飾る短い論考のものでもありますが、二〇〇一年に東京で開かれたシンポジウム「フランスの誘惑・日本の誘惑」で行った講演原稿を再録したものです。このタイトルはもちろんプルーストの『サント＝ブーヴに反論する』の有名なくだりへの目配せです。

「美しい本はみな一種の外国語で書かれている。読者は単語の一つ一つに自分なりの意味、あるいは少なくともイメージを込めるが、それは往々にして意味を取り違えたものだ。しかし美しい本の場合には、そのような意味の取り違えがすべて美しいものとなる」

それ以来、日本文学について話す機会があると、わたしはしばしばこの文章を引用してきました。今日もまた、あらためてそれを取り上げることにします。日本の小説、詩、芸術、文化についてわたしが書いてきたものを、一貫して「意味の取り違え」という徴のもとに位置づけるのはなぜかと言えば、まずは、わたし自身の立場を正当化したい、ないしは少なくとも許容していただきたい、と思うからです。わたしは日本の専門家ではまったくありませんし、一度としてそのことを隠そうとしたこともありません。しかし、理由はそれだけではありません。芸術や文学とわれわれとの真の関係というものは、作品やテクストの客観的な意味を明らかにする実証主義的な試みとは違うということを示したいと思うからでもあります。むしろ、創造力、夢、さらには間違いすらも逆説的に「美」と「真実」の証となりうるような、別なかたちの交流の可能性を主張したいのです。

二

こうした取り違えの詩学はいたるところで作用しているものではありますが、とりわけ東洋と西洋の文学のあいだの関係を決定づけています。そして、それは双方向的なかたちで見られます。クローデルやイェイツやパウンドからケルアック、ユルスナール、バルトまで、フランスやアメリカの作家たちは、彼らが手にした、多くの場合は孫引きの知識を用いて、日本文学に関する自己流のイメージを作り上げました。現実の日本文学にはほとんど対応していないイメージです。その一方で、日本の作家たちもまた、それをはるかに凌ぐ仕方で、以前には接触がなく、まったく知らなかった西洋文化を発見し、わずか数十年のあいだに、ヨーロッパ渡来の小説、詩、演劇、哲学が彼らに明らかにしたことを理解しようとしました。そして当然のことながら、彼らがそれを理解しえたとすれば、それを順化することによってでしかありませんでしたし、その結果として歪みを生じさせることにもなったのです。

こうして、どちらの側でも、取り違えが根本にありました。このような現象を浮かび上がらせるためにわたしは、今年『NRF［新フランス評論］』誌で「日本特集」を組んだ際に、フランスで書かれた日本文学についてのテクストと、日本で書かれたフランス文学についてのテクストを対置させてみました。スタンダールやモーパッサン、ランボーやラディゲといった作家たちが、大岡昇平や永井荷風、中原中也や三島由紀夫によって考察されると、どれほど奇妙な変容を被るかを示そうとしたのです。

どちらの文学も相手の文学のことを夢みます。つまりは鏡の戯れのなかで相手の文学を再創造するのです。ところが、他者の顔のなかに見出すのはつねに自分自身の顔にほかなりません。それは、交差する異国趣味《エキゾチシズム》の原則が元にあるからなのです。それはいわば奇妙な、夢の交錯であり、おたがいの場所が絶えず入れかわるのです。

こうした交錯の情景《スペクタクル》が典型的にあらわれるのが、詩の場合です。『俳句、その他』と題された論集のなかでわたしは、両者が同時期にどのような思い違いをしたのかを示しました［本書「交錯する夢々」］。ヨーロッパの詩人たちは、俳句という形式のもとで日本の詩を発見したと思い込んだのですが、彼らはその意味について深い考え違いをし、それを一種の啓示やポスト象徴主義的なエピファニーと混同しました。そのころ、日本の詩人たちはと言えば、後期ロマン主義からダダイスムとシュルレアリスムなどのほとんど同時代の宣言にいたるなかでヨーロッパ詩が作り出してきたあらゆるものを同時に受容し、自分たちの芸術を西洋近代と前衛の流派に組み込んでいると思いました。ところが、実際には、借用した美学の装いのもとで、彼らは自分たちに固有な伝統を永続させていたのでした。

三

同様の交錯現象が散文の領域でも起こりうること、そして二十世紀初頭の日本で〈私小説〉と名づけられたものと、二十世紀末のフランスで「自伝的虚構《オートフィクション》」と呼ばれたものとのあいだに、二つの取り違えを基盤として、一種の時間差のある対話が始まるということ――これこそ、先ほどの述べた二〇〇一年の講演以来、わたしが提唱し、例証しようとした仮説であり、今日また改めてそこに立ち返りたいと思います。

この交錯の第一段階は、日本文学史の本ではつねに明記されており、専門家たちには以前から知られていることです。ただ、フランスでは知っているのは専門家だけで、表層的な日本趣味を掲げている作家たちはたいてい、深い無知や、好奇心の欠如のためにこのことを知りません。簡単に説明すると、二十世紀初頭に〈私小説〉と名づけられたジャンルが日本で発明されました。ヨーロッパ近代をかなり間違った仕方で理解した日本の作家たちが西洋の急激な影響を受けて、生み出したものです。自然主義を標榜していますが、それはゾラの自然主義（現実の社会に関する一種の客観的なパノラマを科学的に作り上げようという意図をもったもの）とはまったく違うものです。そして、〈私小説〉の後見人となるのが奇妙なことにルソーです（『告白』冒頭部で大仰に示されたその野心は、ある意識の主観的な真実を、そして、神とすべての人間を前にして、他のあらゆる意識のために証言をする意識の真実を描こうとするものでした）。つまり、このような勘違いから生まれたのが〈私小説〉でした。それは自伝小説の日本独自な形式であり、当初から今日まで、複雑で論争の的となるような、衰退と回帰からなる歴史全体を通して、絶えず日本文学の主要ジャンルの一つを成してきたのです。

交錯の第二段階のほうは、これほど明瞭ではなく、はるかに異論の余地を含んだものです。というのも、それは文学史の過去の一章に関わるものではなく、より仮説的なあり方で、新しい一章となるものだからです。その前兆はすでに、近年の作品や現在書かれている作品の一部に認めることもできるでしょうが、本質的には、これから書かれるべきものだと言えます。その内容はこうです。事態が反転し、西洋文学についての間違った観念の影響下に生まれた〈私小説〉が、あるいは少なくとも〈私小説〉に関わる誤ったものの見方が、こんどは西洋文学に影響を与える可能性があるのではないか、そして西洋文学において、そして、いま自伝的虚構《オートフィクション》の問題が支配的である文脈のなかで、わたしが以前に「私《ジュ》の小説」と呼ぶことを提案したものが出現することが可能になるのではないかと思うのです。

四

このような主張は批判的な検討を要するものですし、シンポジウムの主催者からの求めに応じて、それこそわたしがいま行おうとしていることなのですが、それはわたしがもう十年前から擁護してきた立ち位置に関するものであるからなおさらのことです。自伝的虚構《オートフィクション》に関するわたしの考えはこの立ち位置に大きく連動しているのですが、日本への言及が目立たなくなっている現在のわたしの仕事とはそれほど密接に関わってはいません。

それでは、こうした主張は、いったいどのような客観的基盤に立脚しているのでしょうか。ある意味では、わたしはなにも新たな発案などしていないと言えるし、またある意味では、わたしはすべてをあらたに発案していると言えます。

きわめて懐疑的な読者が想像することに反して、〈私小説〉は間違いなく存在するのであり、論証する必要があってわたしの想像力から出てきたものではまったくありません。しかし、言っておかねばならないのは、〈私小説〉をひとつの手本《モデル》に仕立てあげるためには、批評の力によるある種の力業が必要だということです。というのも、自伝的虚構《オートフィクション》と同様、

〈私小説〉なるものは、明確な定義を演繹できるような、単純で均質な現実を備えているわけではないからです。〈私小説〉とは、ひとつの運動である以上にひとつの潮流であり、世紀を通じていくつもの支流へと枝分かれし、それに属する作品はほとんど対立的とも言えます。ところが、その代表作が——田山花袋、志賀直哉、太宰治を例外とすれば——これまでまったくフランス語に訳されてこなかったために、フランスでは知られていません。このような問題の逆説的な側面にさらに付け加えて言うならば、わたしたちにとって日本文学でもっとも重要だと思われている自伝的な小説は、実際には偽りの〈私小説〉なのです。というのも、それらの作品は〈私小説〉に特有なコードと戯れはするのですが、誠実な打ち明け話とでっち上げの告白を区別することはせず、そのことによってコードを転覆してしまうからです。森鷗外の『キタ　セクスアリス』や三島由紀夫の『仮面の告白』はその例です。二十世紀のもっとも偉大な日本の小説家たちはみな——とりわけ大江健三郎がそうです——、〈私小説〉を弾劾し、〈私小説〉に反撥しましたが、それはより複雑で力強い形式の個人的《パーソナル》な虚構を作り出そうとしたためです。

日本人にとって〈私小説〉は、多くの場合、手本というよりは、引き立て役にすぎません。〈私小説〉に対する彼らの批判は、自伝的虚構《オートフィクション》がフランスで引き起こす批判と瓜二つに見えます。人びとはその偏狭な自然主義を非難し、霊感を欠いた小説家が自分たちの私生活を語ることで描き出す、うぬぼれと自己陶酔の自画像でしかないことを咎めます。この点について個人のささいな出来事を例にあげることをお許しください。東京のとある大学で、フロベール、マラルメ、ヴァレリーといった純文学の騎手たちの専門家をまえにしてわたしが〈私小説〉礼讃を行ったとき、ある種の困惑、もっといえばあきらかな落胆が起こりました。彼らは、神聖不可侵な『NRF〔新フランス評論〕』誌に属する人間が、酔っ払って、愛人や不倫の話をしている自分の姿を作品に描くことで満足している私小説の作家を擁護することに反撥を覚えたのでしょう。とはいえ、小説家が貞潔と節度を旨としなければならないとしたら、小説は終わりではないでしょうか！

五

じっさい、わたしが〈私小説〉と呼ぶものは、この語が通常指し示すものに限定されません。わたしにとって、それははるかに幅広いもので、日本文学における、あるいは少なくとも注目に値する日本の作家たちの作品に見られる、個人的《パーソナル》なエクリチュールの主要な諸形式に適用されるものなのです。その特徴は、西洋文学（近代小説）から借用されたとされる形式に、古くからある日本の書き方を結びつけている点にあります。それはときに古典時代にまでさかのぼり、〈私〉についての別の考え、〈私〉を小説や詩として表現する別の考えが連綿と続いてきたのです。例を挙げれば、随筆では、鴨長明の『方丈記』やト部兼好の『徒然草』、日記文学で言えば、紀貫之の『土佐日記』や清少納言の『枕草子』から、芭蕉、一茶、正岡子規の俳句をともなった文集まで様々です。

これがわたしの言うところの〈私小説〉であり、そこでは個人的《パーソナル》なエクリチュールのある種の実践が、小説、随筆、日記、詩として受け継がれた形式のなかに滑り込んでいます。この〈私小説〉は特定の作品のなかで完全に実現したことはおそらくありませんが、同時に近代日本文学のほとんどの大作家のうちに、苦もなくその痕跡を見出すことができるものです。夏目漱石（たとえば『硝子戸の中』）はその例ですし、川端康成や三島由紀夫など、作品に自伝的側面がきわめて少ないか、あるいはまったくないような作家たちもそうですし、さらには、「私小説」の新たなあり方を自分なりの手法で文字通り再発明した、大江健三郎や津島佑子といった今日の小説家たちもそうなのです。

このように、広い意味で、そしてかなり間違ったかたちで理解する場合、日本の〈私小説〉は一部の西洋人作家にとって、参照点として、さらにはお手本《モデル》と見なすことができるでしょう。そしてじっさい、このお手本は、具体例の数は少なく目立たないものの、すでにいくつかの重要な結果を生んでいるのです。ジャック・ケルアックの物語からペーター・ハントケ[2]の手帳にいたるまで、詩的彷徨のある種の実践は、芭蕉が刷新した「日記」形式の徴のもとで（ときにはきわめて明瞭な徴のもとで）展開されています。また、パスカル・キニャールの『最後の王国[3]』にもその反映を認めることができますし、この作品には鴨長明の随筆の跡もまたはっきりと読み取れます。

ここで挙げるべき重要な名前はロラン・バルトです。しかし、それは『表徴の帝国』のバルトではなく、『小説の準備』をめぐる最後の講義のバルトであり、この講義が提案する未完に残された論証のためです。この講義において、バルトは来るべき作品を構想しようと試みます。それは一方でプルーストとトルストイの影響のもとに推進されますが、他方で俳句の悟りとジョイス的なエピファニーとを接近させることを出発点としています。こういった断続的で瞬間的な真実の経験については、それを詩的表現にゆだねようとすれば、小説形式の連続性のなかに組み込むことが求められるからです。

じっさい、このような本質的な位相においてこそ、作戦は展開されるべきなのです。フランス小説という相も変わらぬ形式に、哀れな妄想に満ちた絵葉書のような日本の光景を装飾的な要素として盛り込んだとしても――石庭や苔の庭、芸者、漫画、京都の寺院や東京の高層ビル――（それが流行となっているのですが）、それはすっかり摩耗しきった怪しげな形式であるエキゾチシズムでしかありません。それに対して、バルトが『表徴の帝国』の冒頭で指摘しているように、わたしたちが日本を読むとすれば、それは自分たちの象徴体系のより根本的な変革を促すためなのです。

六

〈私小説〉の起源にさかのぼり、もうすこし詳しく知ろうとすれば、すぐにでも一九三五年に発表された「私小説論」なるテクストに出逢うことになります。著者は小林秀雄、二十世紀日本最大の文芸批評家と誰もが考える存在です。

わたしは「すぐにでも」と言いましたが、たしかによく知られたテクストではありますが、わたしの表現はやや誇張でしょう。一九九五年に二宮正之が小林秀雄についての非常にみごとな著作を上梓し[4]、とりわけ最晩年の作品のいくつかを翻訳紹介しているにもかかわらず、小林の作品はフランスの読者にほとんど知られていないからです。「私小説論」はと言えば、同年にアメリカで刊行された選文集に収められたポール・アンドラーの英訳があるばかりです[5]。

〈私小説〉に関する議論への主要な貢献のひとつと考えられていながら、小林のテクストは西洋においてほとんど誰にも読まれていません。その理由は単純明解です。テクストが恐ろしく複雑なのです。その射程をおぼろげに捉えるためには、当時の日本の知識人たちが討議していた諸問題と関連づけなければなりません。そして、その重要性を見抜くためには、作者の全作品と結びつける必要があるのです。

したがって、わたしがここで示す見解はきわめて表面的になるでしょう。ただ、日本において、わたしたちの表現と類似した表現において個人的《パーソナル》なエクリチュールの問いがどのように立てられ、その問いから、どのような道が開けるかということを示せればと思います。わたしたちみんなと同じように、しかし半世紀も前に、小林秀雄はフィリップ・ルジュンヌとセルジュ・ドゥブロフスキーを読んでいたかのようなのです。小林は論を始めるにあたって、ルソーの『告白』の第一巻を長々と引用し、『自伝契約』（一九七五年）の著者ルジュンヌのようにこの作品を絶対的な参照点として位置づけます。[6] そして『糸／息子』（一九七七年）を著した小説家ドゥブロフスキーと同様、〈私小説〉と名づけた自伝的虚構《オートフィクション》を散文形式の虚構で書かれた誠実な告白として定義します。この点に関して、これ以上オーソドックスであることはできないと言えましょう。

このような基盤の上で、小林秀雄は、日本文学への、そしてとりわけ日本文学を支配しているように彼の目には映った二つの傾向に対して適切な批評を展開します。二つの傾向とは、日本の自然主義の産物である〈私小説〉と、ブルジョワ的自然主義への反動として〈私小説〉と対立したマルクス主義です。しかし、小林はどちらの肩も持つことはありません。〈私小説〉に対しては、個人の生をめぐる描写に終始し、思考しようともせず、哲学的・社会的な次元で個人の生を理解することができない点を非難します。マルクス主義に対しては、個人の現実を小説として観察し描写するいっさいの可能性が、その理論のあまりに概括的な重みで押しつぶされていることを一貫して批判します。別な言い方をすれば、対峙する二つの陣営のそれぞれが、この不毛な対立関係のうちに閉じこもってしまい、世界について、文学作品がその完全な表象を提示すべき二つの側面の一方しか知覚していないというのです。しかしながら、小林が提唱するのは、綜合ではなく超克です。

七

小林秀雄の論考を〈私小説〉のきわめてまっとうな批評として紹介することは正しいことでしょう（これは一般的な理解でもあります）。この点に関して、小林の主張は次のように要約されます。小林によれば、日本の作家は、西洋文学の影響を受け、ヨーロッパの偉大な小説に固有な技術と形式をそのまま輸入したが、彼らはこの小説を、かなりの妄想の混じった手本《モデル》に照らして解釈をした。ある種のロマン主義的観念と自然主義的観念とが混ざりあってしまい、それと意識しないままに、ワーズワースやゾラ、モーパッサン、フロベールを模倣したものの、このような模倣は、効果もなく不毛だということが明らかになった。というのも、西洋には主体という観念があり、それを出発点として、またそれに反撥することによって、〈私〉のエクリチュールは発展したのに対し、日本文学には、主体に関する哲学的・イデオロギー的観念が構築されていなかったからだ。その結果として、小林秀雄が説明するように、新しく輸入された自我の観念は、近代以前の日本文学に固有な技術と形式の混交のなかに解体してしまうことになります。そして、これこそが、まさに〈私小説〉の特質であり、告白体の小説の装いのもとに、自我に関する他のさまざまな表現方法が——その多くは日本古典文学に固有な主体化の過程が継続したものです——相変わらず活気に満ちた現実として隠れているのです。

そうはいっても、小林秀雄が新自然主義的な形式のうちにある〈私小説〉の憔悴を認めたのは、より積極的にその再生に訴えるためでした。西洋の新たな文学に関心を寄せ、それに精通していた小林は、新しい文学がジィドやプルースト、ジョイスといった作家たちが立証していた〈私〉の回帰によって特徴づけられることもまた確認しているのです。

というのも、文学とは、個人がそれをとおして真実の経験へと到達しうるような主体性が表現される場そのものなのだという事実を、小林はけっして疑うことがないからです。彼が〈私小説〉に異論を唱えたとすれば、それは同時代人が実践するそれが脆弱で、思考とほとんど無縁な形式に堕しているためでした。

奇妙なことに、そこで唯一の例外として挙げられるのが志賀直哉です。志賀は生を描き出す独自の能力をもつと同時に、その際に、哲学的・社会的な次元を排除することのない普遍的な形式のもとで自らの生を思考することに成功している、と小林は言います。しかし、称賛のために小林秀雄が奇しくも引用するのは、志賀の次の一節でした。「夢殿の救世観音を見てゐると、その作者といふやうな事は全く浮んで来ない。それは作者といふものからそれが完全に遊離した存在となつてゐるからで、これは又格別な事である。文藝の上で若し私にそんな仕事でも出来ることがあつたら、私は勿論それに自分の名などを冠せようとは思はないだらう」

この引用文はなんとも逆説的ではないでしょうか。小林秀雄は、個人的《パーソナル》なエクリチュールを象徴する作家としての志賀直哉を、来たるべき近代文学のパイオニアとして位置づけるいっぽうで、彼の作品を、伝統との絆と過去への帰属を主張し、完全な没個性のうちにその実現を見出す美学のもとに置いているのです。

こうして小林秀雄は、むしろ自分自身に対して、彼がたどらねばならぬ道を指し示すのであり、事実、彼はそれをたどることになる、つまり、個人的なエクリチュールのほうへと踏みだすのです。それは、ヨーロッパのロマン主義と日本の古典文学の両方にその根を張っている没個性の美学が強く要請する忘我の経験を地平として持ちながらも、根本的な主体性と本質的な個人主義を求めてもいるのです。

八

講演を終えるにあたって、日本文学について書いたテクストのほとんどでわたしが主張てきた論の要点を再説します。論拠となっているのは、小林秀雄のいくつかの主張です。

西洋には、すべてがジャン＝ジャック・ルソーとともに始まり、主体の概念は西洋の専有物だと考えたい研究者が数多くいます。というのも、主体の形成には、ギリシア哲学、キリスト教信仰、啓蒙の文明が必要だったと考えられるからです。しかし、こういった人びとが想像し、主張するところとは反対に、日本の伝統には、とりわけ『土佐日記』にまでさかのぼる、自伝的と呼ぶべき非常に古い伝統があります。フーコー風に言えば「主体化のプロセス」は、時と場所によって様々であり、いたるところに主体は存在し、日本の古典文学のテクスト――小説、詩、日記――のなかにも豊かに表現されているのです。

しかし、もし「主体」というものを、西洋の伝統に固有な、デカルト的な主体に結びつけられる「自意識」という形式と解するならば、この「主体」が近代以前の日本文学にはなかったこと、そしてこのような主体が導入されることによって日本文学が、明治時代の小説が示している刷新へと導かれたことは、あながち間違いということはできません。はじめに申し上げたように、日本文学――とりわけ田山花袋――が産み落とし、ヨーロッパの自然主義に関わる取り違えによって生を受けた小説は〈私小説〉と名づけられました。きわめて操作的で、かつ豊穣なこの取り違えから、すべての現代日本文学がそこを出発点とし、かつそれに反対することで発展したようなジャンルが生まれたのです。

フランスの場合は、持ち札がまったく異なっています。フランス語で綴られた自伝的な文学の起源を、過去に向かって思いのままにさかのぼらせることはもちろん可能ですし、とりわけモンテーニュの『エセー』に呼応するような、自我の表現に関する旧来の形式を考慮しないわけにはいきません。

しかしながら、この分野で基準となる仕事を残したフィリップ・ルジュンヌの定義に従って、自伝とは、個人が自らの人生の物語を語り、その個性と精神の形成を語ろうと試みる際に用いる、人生を要約した言説であるとするならば、たしかに、ルソーが『告白』のなかで推し進めた試みが、その起源ということになりましょう。しかしこのような参照項は、それがいかにうまく説明してくれるものであっても、ほとんど満足できないということが明らかになります。というのも、そうなると、現代の自伝のもっとも興味深い諸形式が、まさに告白体のモデルの余白において、さらにはそれと断絶することによって、誕生したという事実を忘れかねないからです。特定のジャンルに割り当てることのできない試みの数々（シュルレアリスムやその他の前衛）はさておいても、語の厳密な意味における回想録（アンドレ・マルロー[7]）、肖像（ミシェル・レリス[8]やロラン・バルト）、小説（プルーストからセリーヌ、そしてセリーヌからサンドラール）の例がすぐに浮かびますが、作家が自らを語ろうとするすべてのこれらの偉大なテクストは、告白の枠組みを大きくはみ出し、損ない、時には完全に荒廃させています。ところが、この告白の枠こそ、〈私〉のエクリチュールを思考する際に批評が相変わらず持ち出すものなのです。

わたしの仮説はこうです。自覚的なあらゆる自伝的エクリチュールは、自伝的なものがひとつの難題《アポリア》であり、不可能であることをしっかりと肝に銘じなければなりません。フランスの小説と日本の小説は、まさにこの不可能性を対照的な仕方で証言しているのです。

ある意味で、〈私小説〉の失敗は、明々白々です。しかし小林秀雄が認めるこの失敗自体が、日本の小説のいくつかにその力を授け、それを真正な文学的記念碑に仕立て上げていると言えましょう。それらの作品の奇妙さそのものが、わたしたちにとっては既成の価値を覆すほどの意味をもつのです。それが暗々裡のうちに、西欧文化の主体性がもっていながら気がつかずにいた自明の理に疑義を呈するからです。その意味で、日本文学が懸命に行った主体構築の試みは、同じ時代に西洋文学が専心していた主体解体の試みと合流するのです。しかし、西洋文学が主体を完全には解体できなかったように、日本文学はそれを完全に作り上げることに失敗しました。それでも、この二つの未完成によって、文学的な主題を検討すること自体が可能になったのです。

こうして、自己を疑うことがなかった自伝的な語りに対して、二つの可能な外在性の形式が立ち現れてきます。主体はもはや、虚構《フィクション》を生み出すような、安定し確実なものとしてではなく、虚構がそれにむかってはてしなく歩み続けるような、欠落して不安をかき立てる何ものかとなります。主体の確実性が崩れるに従って、自我の表現は、不可避的に自己を作り上げることになり、それがエクリチュールの戯れという想像的な戯れのなかで行われるのです。

1　この講演は、二〇一二年にフランス・スリジーで行われた「文化と自伝的虚構」に関するシンポジウムでのものである。

2　ピーター・ハントケ（一九四二―　）はオーストリアの作家。映画化もされた『ペナルティキック を受けるゴールキーパーの不安』（一九七〇年）などで知られるが、自分の日常を綴ったノートを元に作り上げた作品も発表している。

3　パスカル・キニャール（一九四八―　）はフランスの作家。連作『最後の王国』（二〇〇二―二〇〇五年）の第一作『さまよえる影』（高橋啓訳、青土社）はゴンクール賞を受賞。わたしの夢は、モンテーニュの『エセー』を『千夜一夜物語』のなかに組み入れることだったと著者自身が言うように、小説とエッセイの混淆攪拌的作品と言える。

4　二宮正之（一九三八―）はフランス在住の文学者、ジュネーヴ大学名誉教授。ここで触れられているのは、Ninomiya Masayuki, *La pensée de Kobayashi Hideo. Un intellectuel japonais au tournant de l'histoire*, Librairie Droz, 1995.

5　ポール・アンドラーはアメリカの日本文学研究者、コロンビア大学教授。*Literature of the lost home: Kobayashi Hideo — Literary criticism 1924–1939* (Edited, Translated, and with an Introduction by Paul Anderer), Stanford University Press, 1995.

6　フィリップ・ルジュンヌ（一九三八―　）はフランスの批評家。『自伝契約』（花輪光ほか訳、水声社）などの研究によってルソー、ジィド、サルトル、レリスらのテクストの分析を行い、自伝をめぐる諸問題を、記号論的・物語論的観点から整理し、自伝文学研究に新風を巻き起こした。

7　アンドレ・マルロー（一九〇一―一九七六）はフランスの作家、政治家。一九六七年に『反回想録』を出版。一九七六年には、同書を第一部、『綱と二十日鼠』を第二部とした『冥府の鏡』が刊行されている。マルローは日本への造詣も深く、何度か来日している。

8　ミシェル・レリス（一九〇一―一九九〇）はフランスの作家・民俗学者。『成熟の年齢』（一九三九年）はエロティックな断章形式の自伝的作品。

IV

天災の後で

日本文化に対してどれほど親しみを覚えていようとも、フランスに身をおく作家の誰ひとりとして、遠く日本で災害に見舞われた人々の立場に立って何かを言うことはできない。まずわれわれはその惨事についてほとんど何も知らず、いくつかの最初の証言が届いたばかりなのだ。大江健三郎がル・モンド紙に寄せたもの、ミカエル・フェリエ[1]がリベラシオン紙に寄せたものなどだ。他人が被った悲惨な事態を免れた者にできる唯一のことは、距離を隔てた証人となることであろう。そうした距離を保ちつつ、わたしは『さりながら』という小説を書き、一九四五年の長崎への原爆投下と、一九九五年の阪神淡路大震災に触れた。そしていまわたしにできることもまた、同様の距離感をとりながら語ることだろうわれわれが立ち会っているこの出来事によって、核の脅威と天災とのあいだに恐るべき横断線が引かれ、つなげられたという事実を。

作家は人びとや事物を見守ることはできないかもしれないが、他の人が意味を理解せずに用いているようにみえる言葉を見守ることはできる。たしかにそれはささやかな営みかもしれない……。だが〈黙示録〉や〈世界の終わり〉を軽々しく口にすることは、諦めることなく精いっぱい生き続けようとしている人びとに対して、死を宣告するに等しい。起こったのは〈最後の審判〉などではなかった。死は〈善き人〉にも〈悪しき人〉にも区別なく襲いかかる。このことから引き出すことができる唯一の〈啓示〉は、人間の条件がきわめて危うく、いつでも意味を欠いているということだ。だからこそ、被災者たちの称賛すべき態度を理解するのに〈日本の魂〉なるものを引き合いに出すことにも、わたしはある種の違和感を覚えざるを得ない。というのも、そのようなものが、歴史（過去の大惨事のいまだ生々しい記憶）や文化（仏教に由来し、芸術と文学の源泉でもある、諸行無常へのあの心配り）によって説き明かされ、固有な形で表明されているとしても、だからといって、最悪の事態以上に見えるこの惨事を、人生を作り上げていた一切のものを突如奪ったこの惨事を被った人たちの苦しみを軽減するわけではないからだ。文化的な差異というものがあるとしても、それは人間の経験の普遍性を基盤として初めて存在する。紀貫之はそのことを『土佐日記』に著していた。「唐《もろこし》とこの国とは、言《こと》異なるものなれど、月の影は同じことなるべければ、人の心も同じことにやあらむ」[2]

後になって歴史の本に記載され、哲学的意味なり社会学的意味をあてがわれる出来事になるとしても、集団を襲った惨事とは、まずもって幾千幾万の個人的な惨事の想像を絶する総和である。ありえないことと不意に出逢った人は、その惨事にひとりでたち向かう。

彼らひとりひとりに対して、遠いこの地からわれわれは、称賛をまじえた友愛と共感の合図を送ることができると思うし、送るべきだと思うのだ。

1　ミカエル・フェリエ（一九六七―　）は日本在住のフランスの作家。中央大学教授。
2　紀貫之『土佐日記』岩波文庫、三六頁。

桜の灰[1]

一

二〇一一年三月一一日、嵐に揺られ、波に腹を切り裂かれて転覆する船のように、その地方は突如として海岸線から水に呑み込まれてしまった。その日、日本が経験したすさまじい難破の真の犠牲者たちの命を絶った悲劇について、本人ならばどのように語っただろうか、わたしたちはその物語を知ることはけっしてない。語ることができるのは生き残った者たちだけだ。幸運にもこの惨事を免れた生存者たち、そしてなんとか避難した場所でその惨事を見守った証人たち、あるいはまた、わたしたちのように、もっと遠く離れた場所で、テレビのまえに身をおき、悲惨な光景から隔てられながら、波がいっさいの命を消し去った情景の、胸を張り裂くような有様に茫然自失し、それでも災厄を免れたことに安堵感を覚えてもいた者たち。このような傍観者に関して、古《いにしえ》の詩人ルクレティウスは、他人の不幸を見るときに、われわれのうちに起こる罪悪感の混じった歓びのことを語っている。[2]

わたしはかなりの躊躇いを感じながらも、難船のイメージを先ごろ日本で起こった出来事に重ねた。地震と津波、そしていまなお進行中の原発事故。福島第一原発の事故は、国民全体を、つまり今日の世代だけでなく、このさき生まれてくる世代をも危険にさらしており、その意味でそれは、全地球にも関わっている。むろん、難船のイメージを用いることで、本来なら区別すべきものが混同されてしまうことは自覚している。そしてまた、この惨事は犯罪的とも言える人間の無思慮もまた関与した恐ろしい事件なのに、それを運命的な自然の力と不幸ないくつもの偶然とが重なった出来事にしてしまいかねないことも。

それでもなお、わたしがこのイメージを用いるのは、プリーモ・レーヴィが『溺れるものと救われるもの』のなかでそれに与えた意味においてである。[3] レーヴィは第二次世界大戦中にヨーロッパのユダヤ人が犠牲となったあの野蛮な強制収容について触れ、他に例をみないこの犯罪についてなんとか思考しようとして、あらゆる状況に有効な唯一の証言の倫理的基盤を提示した。それによれば、ただ「溺れる者［難破者］」、つまり、命を落とした者だけが、自分たちが味わった恐怖について語る権利をもつ。しかし、死によってそうする可能性は奪われている。それゆえ、真の犠牲者の代理として、「救われた者［生存者］」が証言をする責務を負うことになる。ただ、けっして忘れてはならないのは、自分たちが不当にも語っているのは他者のためであり、不完全な委任の効力によってしか理解できないような、（少なくともその隅々までは）自分たちのものではない経験の名のもとに話をしているということだ。こうして、証言の不可能性が明らかになる。というのも、証言が示すのは、それを語る者自身が免れた試練のことだからだ。しかし、それにもかかわらず、このような代理証言が不可欠なことも明らかになる。というのも、さもなければ、完全なる沈黙状態を認めてしまうことになるからだ。唯一沈黙を破る権利をもった人びとは沈黙を強いられてしまっているのだから。

わたしとしてはこのような原則を最初に掲げ、以下につづく文章の緒言としたいと思う。誰ひとりとして、災厄による二万人の犠牲者の名において語ることはできない。しかし、誰ひとりとして、日増しに自らの問題ともなるこの惨事に関して口をつぐむことがあってはならない。このことはまず、東北沿岸で地震に遭い、その直後の影響を被り、近親者を失い、自分たちの生活が崩れさり、親しい世界が呑み込まれるのを目の当たりにした者たちにあてはまる。しかしまた、それ以外の地域で、この惨事の影響を多かれ少なかれ暴力的なかたちで受け、いまも被り続けており、被爆の脅威にさらされている者たちにもあてはまる。そして結局は、どこに生きていようとも誰にとってもあてはまるのだ。なぜなら、ひとりひとりの悲劇はつねに、みんなの悲劇でもあるからだ。地震の震源地は東北地方の沖合であったから、それとの距離の近さに比例しつつ、証言の必要性と正当性が増していくことは確かだ。しかし、その波紋がどれほど微細で一時的なものに見えようともそれは誤りであって、この惨事は地球のいたるところに悪しき波紋を広げている。その意味で、これはわれわれみんなに関わる問題なのだ。

玄侑宗久による指摘はもっとも賢明であり、震災をめぐる思索と証言を集めた書物のエピグラフにふさわしいだろう——何も言うことはできない。だがそこからしか道は始まらない。

二

最初にすべきことは、事実を確認し、考察することであろう。

震災以降に過ぎた時間は、あの出来事が引き起こした大きな混乱を消し去ってはいない。つまり、じつのところ時間が過ぎていないということだ。斎藤環が非常に的確に書いているように、時間それ自体が被災しているのであって、高橋源一郎も想起するあの「揺れ」の犠牲者なのだ。荒々しくその意味を奪われ——つまり、フランス語に言わせれば、行き先と同様その意義を奪われ——、いたるところで氾濫する増水した川のように、時間は河床を離れてそこに戻る様子もなく、いちどきにあらゆる方向へと拡散し、ひとりひとりを完全に途方に暮れさせる。虚空でみじめに揺れ動く扉のように、時の蝶番は外れている——ハムレットがエルシノア城で叫んだように「時のたがが外れている」のだ——。この扉は、かつては閉じ込められていた古い亡霊が逃げだし、外に出るのを止めることができない。幽霊の一団が明らかにするのは、現世の王国では何かが腐っているということだ。それが日本の国境の内側に限られていると考えるのは大間違いだ。実際には全地球を覆っているからだ。

どんな天災も、共同体に害が及ぶや否や、政治的な側面をもつことになる。なぜならそれは、ふだんは忘れている、人間を相互に結びつけている関係をすぐさま思いださせることになるからだ。それは自然という顔をもたない敵に対して、ともに立ち向かう（あるいは立ち向かわない）ために人びとが構築する関係のことである。政治的側面が強調されるのは、まさに今回の震災のように、自然災害が、運命のみにその責任を負わせることのできない別な災害が加わることで複雑になる場合である。地震と、その結果として起こったことの責任を、誰かに負わせようというのは、相手が誰であれ、馬鹿げている……。この世界の終わりのような光景が、脆弱な精神の持ち主に、神慮によって人間に襲いかかる神の審判という幻想をかき立てたとしても、である。しかしながら、責任ある者たちを免責することもまた無分別きわまりない。彼らはきわめて具体的な条件を作り上げ、事態を深刻化させたのであり、あらかじめ予測し、制限し、回避することができたはずの結果を放置し、地震と津波のなすがままにさせたからである。福島の原発事故はこうして引き起こされたのであり、それがもたらす影響の正確なところをはかることは、まだ誰にもできていない。

高橋克彦や塩谷善雄が指摘する機能不全や機能障害という問題を超えて、池澤夏樹が強調するように、発展モデルそのものがここで疑問に附されたのだ。日本でも他所でも、温度差こそあるものの、人びとは発展モデルに同意を示しており、そのことで、政治・経済・技術の権力に協力している。やみくもの発展という唯一の論理にしたがってシステムが進んでゆくにまかせ、統御しがたい破壊の可能性を増大させ、この破壊可能性のスイッチを、破滅によってわれわれを解放するような、わずかな事故の手にゆだねてしまうのだ。この意味で、核の軍事的使用と民間利用とは見た目ほどに対立するものでなく、慎重さを欠いたひとつのプログラムがもつ二つの側面のように見えてくる。そのプログラムにおいては、純粋な力への欲求が、壊滅作業の行使の可能性を粛々と準備しており、それは外交危機や天災といったわずかな偶然によって実現してしまう可能性があるのだ。

　西洋のわたしたちに届いたあらゆる声のなかで、いま述べた状況をもっとも力強く告発しているのは小説家大江健三郎である。そこに見られる論理的な連続性は、不吉な韻を踏みつつ広島から福島へとつながり、人間が狂気とともに、自分の手で破壊の力を解き放つ、その主要な舞台になるという悲しき特権を日本に与えるのだ。『ヒロシマノート』（一九六五年）が示すように、一九六〇年代初頭から大江は平和運動家として、たえず軍縮を主張し続けてきた。太平洋におけるフランスの核実験再開を告発したことで、大江が我が国で不当に非難されたことも記憶に新しい[4]。今日、大江は、日本でも世界の他の地域でもただちに原子力エネルギーを放棄すべきだと訴えている。こうした提案はフランスではおそらく無責任で非現実的だと判断されることだろう。だが、彼の精神においては、この二つの立ち位置は一つとなるほどに連動しているのだ。実際、両者はいっしょに考えるべきだし、この二つが現実的な政治的次元でどのような意味を持っているかを忘れてはならない。そして、今回の犠牲者たちに対して向けられるべき共感が、目眩ましとして張られた感傷的な煙幕となり、もし手をいれなければすぐにでも明日の大災害を準備するような邪な論理を包み隠したりしてはならないのだ。

三

犠牲者たちに対する正当な共感は別のものによって裏打ちされる必要があるだろう。つまり、彼らの運命の要因となった事物に対して怒りを表明すること、それらの要因が将来同じような結果を生むことを勇気をもって妨げることである。さもなければ、他者の苦しみは、感傷的な見せ物《スペクタクル》になりかねない。それを前にした生存者たちが自らの浅薄な心の大きさに酔いしれ、人びとが犠牲になっている災厄から（今回は）逃れることができた幸運をよろこびながら、心地よく気晴らしをするような見せ物《スペクタクル》に。

Suave mari magno［心地ヨキハ大海デ］、この言葉はおそらく、もはや多くの者にとっては意味不明であろうが、かつては学校の教科であったラテン語を今でもすこしは覚えている人ならばわかるだろう。これはルクレティウスの言葉だ。「心地よきは、大海で風に乱される海面での他人の困難な状況を、大地から眺めること。他人が苦しんでいるのを愉快な快楽とするのではない、自らがこの不幸から離れているのがわかることが、心地よいのだ」

詩人の指摘は、それが語るありきたりな心理的真実とともに、わたしたちのものとなってしまったひとつの態度、つまり、歴史を長大なパニック映画としてしか考えられない態度をみごとに明らかにしている。その映画には、ビデオゲーム程度の筋立てしかなく、一連のエピソードのきわめて曖昧な意味は、ただ破壊の光景によってのみ成立している。この視点からすると、二〇〇一年九月十一日のテロ以降（それはたしかに時代の変化を刻んだ）、二〇一一年三月十一日の震災（先行する出来事との連続性のなかで考えることを明らかに求めている）にいたる十年間には、他の大災害（インド洋での津波、ハイチの震災、そしてもちろん、罹災したアフリカの人びとを飢餓や病、貧困にさらされるがままにしておくような、「危機に見舞われた人びとに対する援助の放棄」という集合的な犯罪）もまた痕跡を残しており、より古くからの現象が突如として加速するなか、世界を新たに知覚するための条件が確立されたように思われる。そこでは、歴史はもはや支離滅裂な物語のようにしか見えない。理解できない災禍がやみくもに世界を荒廃させているが、わたしたちはこの現実をひとつの見せ物《スペクタクル》と受け取ることによってしか関係を結ぶことができないのだ。わたしたちの記憶から漏れ、理解することができず、影響力もなく、立ち会うときは受け身になる。そして、他者に対して覚えるのは、まさしくルクレティウスが語るあの感情であり、犠牲者とわたしたちとを結ぶ共感が、自分たちがまだその仲間入りをしていないという事実がもたらす慰めと混ざった感情なのだ。

まことに的確な表現によれば、地球全体はひとつの「世界規模の村《グローバル・ヴィレッジ》」となった。蝶の羽ばたきが遠い国で破壊的な嵐を巻き起こすという詩的な仮説が、真実となったばかりか、ほとんど自明の理となったのだ。ポール・ヴァレリーが一世紀近く前に到来を予言していた「有限の世界」においては、ささいな出来事が、その結果を通して地球のいたるところで鳴り響く。[5] だが同時に、全世界規模でのこの演出は、現代的コミュニケーション手段の賜物であり、現在のグローバリゼーションの原因であるとともに結果でもあり、あらゆる出来事を「非現実化する」要因ともなっているのだ。というのも、それらの出来事には「ヴァーチャルな」価値しか与えられず、とても魅惑的なテレビの虚構が発信するそれとほとんど区別のつかないイメージのかたちでのみ存在しつつ、ほとんど越えがたいやり方でわたしたちを切り離すその距離のなかに、その場所を定めている。それゆえわたしたちは、たがいにこれほど近く、これほど遠かったことは一度もないのだ。

　このような条件において、人間相互のあいだに築くことができる、あるいは築かねばならない関係について、きわめて複雑な問いが浮かびあがってくる。騒音と憤激にみちた歴史のスペクタクルが繰り広げられる舞台で、ひとは時に犠牲者として、時に証言者として、代わる代わる、あるいは同時に、ふたつの役割を演じる運命にある。だからこそ、共感が不可欠なのだ。というのも、ルソーが説明するように、人類の統一性が発現するのは共感を通してだからである。そしてその結果として、個人や、個人が帰属する文明を分け隔てる差異を越えて、誰もが他者に結びついていることを知ることになる。なぜなら他者は同胞でもあるのだから。

このような主張を、もっと力強く断言すべきだと思うのは、3・11以降、勘違いをした一部のフランス人の解説者たちが、日本的な特性を賛美し――身体や心の苦しみを克服するという長所をもったあの「日本の魂」――、認めがたい相対主義へと進み、日本においては不幸も異なったかたちで感じられるのだと言い放って、日本の不幸を過小評価しているからだ。われわれとは異なった形式で表現されるとしても、死の試練、喪失の試練、喪の試練は、すべての人間にとって同じではなく、同様に過酷で破壊的でもないとでも言うかのようなのだ。しかし、それと同時に、どんなに本質的であるとしても、共感がたんに感受性、さらに言えば「感傷癖」の制度のレベルのものであれば、つまり、現代のスペクタクルに固有であり、保坂和志が語る「利便性」の社会に結びついたものであれば、共感は理解にとって障碍となるだろう。なぜならこういった共感は、理解を超え、触れることもできない運命のあらわれでしかないかのように受けとめられた悲劇について、絶えず更新されるその表象を前にした束の間の感情に甘んじているからだ。しかしながら、このような高次の共感にまで導いてくれるような真の理解は存在しない。そうした共感を通して、意識――魂ないしは心と言うべきだろうか？――は、世界に働きかけるのをやめることなく、すべての人間がその縁に身をおく深淵、それに意味を与えねばならないものは何ひとつないこのような深淵をしっかりと記憶するのだが、思うにそれは、ジョルジュ・バタイユが、広島の証言者について書いたほとんど知られていないテクストのなかで、触れえない「夜の核心」と名づけたものであろう。[4] それはあらゆる人間的経験のうちに潜んでいるものだが、災厄に乗じて出現する。その高みにあるのは、バタイユによれば「奴隷的」感性ではなく「至高の感性」であり、「いまある不幸」に応答している。そしてバタイユはまさにその出現を原子力時代の出現と結びつけているのだ。

四

こうした数々の矛盾状況からどのように脱却すればよいのか。そして、どのように証言の可能性を構想すればよいのか。「溺れる者」が沈み込んでしまった沈黙を尊重しながらも、「救われる者」が語ることができ、共感であると同時に理解でもある言葉を生みだすような、証言の可能性を。そうした言葉とは、大災害について思考することをやめず、それと同時に、災害とともに発現する取り返しのつかない意味の欠如をまえにして内省する言葉だ。それに対して、高貴な精神を持った者であれば、意識は場所を譲らねばならない。あたかもそれは、次のようなことを指摘するかのようだ。すなわち、亡くなった人びとへの敬意を表し、すでに引用した玄侑宗久の言葉にあったように、何も言うべきことはなく、だがしかしそうした無言の悲嘆の場においてこそ道ははじまるのだ、ということを。

このようなきわめて複雑な問題にシンプルな答えを与えてくれる人たちは、他の場所と同様、日本にもいた。このきわめて明らかな答えそのものが、災難によって彼らが放り込まれた突然の状況によって示されたものだった。その答えはわたしたち全員に関わるものだ。それどころか、わたしたちは訊問されているのだ。だからこそ、わたしたちはこの答えに対して十分な注意を払わなければならない。この答えのかたちは、バタイユが「大異変の感性的な表象」と名づけたものであろう。それは出来事が引き起こした抽象的な一般化よりも、各人が感じた個人的な知覚を優先するのであり、村松友視が「最後の砦」と呼んだもののうちにある。あの不幸な晴れた日に、貪欲で、茫然自失とさせる、終わりなき啓示の果てに、ひとはそれぞれ、きわめて純粋に個人の独自な体験としてのみ現れたこの真実と、ひとり孤独に対面したのだった。犠牲者は二万人だったと言われるし、被害者をより詳細な仕方で数え上げることもできるだろう。しかしこうした計上は、いかに正確であったとしても、でっちあげにすぎない。というのも、そのつど被害を受けたのは、唯一無二で代替不可能なひとりの存在であることに口をつぐんでいるからである。それゆえ、むしろ、他のものには計量できない試練の悲劇的な言葉遣いにしたがって、ひとつの犠牲が二万回生じたと語るべきなのだ。

わたしは「答えを与えた人たち」と言い、知識人、芸術家、詩人、小説家、とは言わなかった。というのも、誰もが自分なりに語り、慣れ親しんだ言葉を用いて即興的に表現したのだが、その表現が、自分が図らずも会員となってしまった集団に対してなされた啓示を表すには、悲しいほど適していないことに自覚的だったからだ。人生の耐え難い真実をまえにして、真正なる芸術と思想は、いかなる特権も鼻にかけずに自分の姿を認め、まさに成し遂げられる。そして、普通であれば傲慢さが酔いしれる、あらゆるかたちの誤った優位を放棄して、望みうるもっとも高い地点に到達するのだ。匿名の犠牲者たちの胸が張り裂けるような言葉を、テレビは時として（だがあまりにも吝嗇に）わたしたちに届けてくれたが、一部の犠牲者たちの証言を、詩が語り得ることよりも低く位置づけるつもりはない。だから、多和田葉子があの美しい『震動する日々の日記』で次のように書いているのを、わたしは好ましく思うのだ。「ある作家が書いてきたのだが、なぜだか分からないままに、震災以降、一部の本が突如としてすっかり色褪せてしまったのだという。そこで彼は、「地震が起きても安心な」書籍、すなわち大災害以降もその価値を保ち続けている書物のリストを作り始めた」。書架そのものが転倒してしまい、すべてが地面に散らばっている混沌のなかで、つつましくではあるが、人生の虚しさに真実に必ずしも値しないわけではない書物だけが目を引くのだ。

「目は心が知る以上のものを見ている」。管啓次郎がその詩編に引いたウィリアム・ブレイクの言葉だ。目は、心が知る以上のものを見ている。遠くからであっても、感じ取り理解するためには、見なければならなかった。たとえ他者のための証言であっても、すべての証言は私語りである。だからこそ、他者の経験の名において語っているのだと言い張る者たちのうちには、前代未聞の恥ずべき欺瞞があるということを思いだそう。彼らは、自分たちが経験もせず、ただ感傷的に思索する試練だけが与えることのできる威信と権限を奪い取っている。誰しも、自分が身をおいていた地点からしか正当に語ることはできない。惨事のすぐそばで、あるいは数千キロ離れた彼方で、災厄について自分が手に入れた、物の見え方に適った物語を作り上げるのだ。ドイツ在住の多和田葉子や、パリの住まいで福島の小豆を使って赤飯を料理しつつ、遠い昔の世界の風味を夢みていた関口涼子がそうであるように、距離があってもなお、的確な言葉はみつかるのだ。形式がどのようなものであれ、ここに集められた証言はすべて、作者の私的な痕跡を留めており、災害時につけていた日記からちぎられたページのように提示されている。それは、エッセイと分析、物語と詩、そして幼少期を過ごした土地の荒廃したさまを収めた畠山直哉のみごとな写真にまでいたる。その様子が実証するのは宇佐美圭司が引用している一節で、横光利一がトリスタン・ツァラに対して行った皮肉な指摘だ。「日本ではシュールリアリズムは地震だけで結構ですから、繁盛しません」

　フランス語の réplique という語にはいくつもの意味がある。日本語でもそうか、わからないのだが（たぶんちがうだろう）、それは地震につづく余震も意味する。だが、より日常的な言葉では、あらゆる種類の返答（演劇の科白もそうだ）やレプリカ［模作］（たとえば、芸術作品や工芸品の複製）も意味する。ここに示される証言のひとつひとつが、「応答《レプリーク》」の価値を持っている。それによって、二〇一一年三月十一日に日本が経験した大きな衝撃が、文学的、哲学的、芸術的表象という、力を弱められた形式で繰り返され、大地の恐ろしい戦慄や、唖然とするような水位の上昇、それらに続く不安に満ちた倒壊といったもののいくらかを、わたしたちにもたらすのだ。

　証言する人物が望んでいるのは、最後の言葉が、死や悲嘆にゆだねられないことである。

惨事に抗するとともに、壊滅に同意せず、存在の儚さとその永遠の春とを同時に表現する言葉の「返答」を対置させるのだ。それは日本古来の詩がもつ感動的なイメージのひとつに応じるものでもある。池澤夏樹が語る、灰色をした宿命の桜花が、天変地異のただなかで咲き誇るのだ。それは夏石番矢が詠んだ世界のようでもあるから、最後に彼の一句を引用するとしよう。

地震と津波の島に原子炉桜咲く

---

1 この文章は、東日本震災をめぐって書かれた日本の作家たちの文章を集めた文集『地震列島』(*L'Archipel des séismes*)の序文として書かれたものである。

2 ルクレティウスは共和政ローマ期の詩人・哲学者。後にある引用は『物の本質について』(樋口勝彦訳、岩波文庫)から。

3 イタリアの作家プリーモ・レーヴィ(一九一九―一九八七)は、アウシュヴィッツ収容所からの生還者としての自らの体験を様々な形で作品化している。『溺れるものと救われるもの』(竹山博英訳、朝日新聞社)は死の前年にあたる一九八六年に刊行された。

4 大江は一九九五年フランス政府が行った核実験に強く抗議。同じくノーベル賞作家でもあったフランス人小説家クロード・シモンとのあいだに新聞紙上で論争があった

5 ポール・ヴァレリー「現代世界の考察」『ヴァレリー全集 十二』(寺田透訳、筑摩書房)一六頁。

6 ジョルジュ・バタイユ「広島のひとたちの物語」(『戦争・政治・実在 社会学論集一(ジョルジュ・バタイユ著作集)』山本功訳、二見書房)、一四頁。

ひとのこころはひとつにやあらむ

一

人類はひとつだという考え方は、書物に書かれてきたことを信じるならば、歴史上ごく最近になって登場したものということになる。

レヴィ＝ストロースは『人種と歴史』で、あたかも誰もが知っている自明のことであるかのように、説明する。「衆知のように、人種や文明の区別なく人間のあらゆる形態をひとつにまとめた人類という観念は、ずっと後になってあらわれたものであり、限られた範囲にしか広まっていない。この観念が最高度の発展に達したと思われる今日でさえ――最近の歴史が証明しているように――曖昧さや退行を免れるほどには確立されているとは言えない。人類のばらばらに分かれた部分にとって、この観念は何万年ものあいだまるでなかったかのようだ。人類なるものは、部族や言語集団の境界、いや、ときには村落の境界で終わっているのだ」[1]

それに続けて、レヴィ＝ストロースは少し譲歩する。「おそらく、人類のもつ偉大な哲学や宗教の体系――たとえば、仏教、キリスト教、イスラム教や、ストア派、カント、マルクスの理論――は、つねにこのような錯誤に抗してたてられた」。それでも、人類の単一性を唱えるあらゆる思考は「理想主義の力強さと弱さとを併せもっており、この理想は、人間がその本質を実現するのは、抽象的な人間性のなかではなく、伝統的な文化のうちだという事実をあまりにしばしば忘れている。ところで、伝統文化においては、もっとも革命的な変化でさえも、あらゆる面が存続し、時間、空間のなかで厳密に規定されたひとつの状況において説明されるのである」

だとすれば、普遍性という考えは、ごく自然に自明のように見える文化の多様性に抗するかたちで、たえず繰り返され、表明されるべきということになるだろう。

二

普遍主義がどのように生まれ発展してきたかをめぐって数多くの本が書かれてきたが、それはつねにほぼおなじ言葉で説明されている。人類という考えは、ギリシア哲学、ローマ法、キリスト教に由来する概念の結びつきによって生まれたというのだ。ここで私はフランソワ・ジュリアン[2]の近著『普遍性、統一、共通性、そして諸文化間での対話』（二〇〇八年）に依拠するのだが、彼は、このような思考が、共通した物の見方に従った三つの思潮の結びつきによって生まれた過程を示している。「ロゴスに支えられて概念へと高められることで、普遍は抽象化の目的となったのみならず、思考の働きの目的ともなった。同様に、ローマ帝国の政治的な発展によってローマ法が伝播することで、普遍は共同体の目的となった。そして、神の呼びかけに応えるすべての主体が空洞化することで、普遍は魂の行き先となり、全人類の目的となったのだ」

こうして、何かが起きたというわけである。ソクラテスは「万物にしたがって」思考することを企てた。キケロは宇宙こそが「万人に共通した祖国」だとしたし、パウロは、アラン・バディウが『聖パウロ　普遍主義の基礎』で強調するように[3]、「もはやユダヤ人もギリシア人もなく、奴隷も自由な身もなく、男も女もない」と宣言した。彼らの言葉が一体となって意味を持つような何事かが、起きたのだ。

さて、このような展開は——ルネサンスの人文主義《ユマニスム》や啓蒙思想に受け継がれていくのだが——西洋の地に限定されたものとされ、そう受け入れられている。ところが、そこに当然ながら矛盾が現れる。というのも、これでは、人類がひとつだという主張が、人類そのものの一部にとってしか事実ではないと言うかのようではないか。つまり、差異を超えるべき思考へと到達しようとする運動そのもののなかに、人類はその差異を明らかにしているのだ。あるいは、より簡潔に言えば、普遍そのものが、実際にはすぐれて相対的であるかのようなのだ。

この点こそが、フランソワ・ジュリアンが考察の対象とするものである。彼は、西洋以外の文化、たとえばインド、日本、中国には普遍性の観念が見当たらないように思われることを認める（「日本人にとって、日本は独自の文化であり、普遍の問題には関心があまりない」、中国は「包括的な文化を自認しており、最初から普遍を既得の明白な事実としてとらえていて、普遍の概念を作り上げて主張する必要などないのだ」）。ジュリアンはこの事実を出発点として、文化間の相互理解の可能性について考え、その達成を企てようとしているように、思われる。

三

こういったことはよく知られていることだ。わたしとしては、歴史的知識も哲学的力量も持ち合わせていないので、慎重を期して議論に加わるのを差し控えたい。そして読者としての経験を語るにとどめたいと思う。というのも、こうした問題は文学にも関係し、さらにはその可能性についての純然たる条件にまで関係するからだ。

実際のところ、もし人類がひとつではなかったら、わたしに向けられているとは思えないほどに異質な文化から生まれた小説、詩、演劇などに、いったいどうやって接することができようか。人類がひとつでないのなら、自分の文明以外の文学はすべて捨てなければならないだろうし、例えば、東洋、アジアあるいはアフリカ起源の芸術作品はおしなべて存在しないものと考えなければならない。しかし、理解可能なものの領域をさらに狭めてはならない理由などない。西洋と呼ばれる環境に身をおきながら、はたして自分はダンテやシェイクスピア、いやフォークナーやドストエフスキーだって理解できると言い切れるだろうか。彼らの作品は、ひとつの共通な文明におおむね依拠しているが、その一方で、私が読み解く鍵を持ち合わせていないきわめて特殊な文脈——中世イタリア、エリザベス王朝期のイギリス、南北戦争後のアメリカ南部、さらには、かの有名な「スラヴ魂」の特質をうたいあげるロシア——によって規定されてもいるのだ。このことから、われわれはやや性急に世界文学のことを思い浮かべる。世界文学という考えは、これまでにも存在したばかりでなく、あまり問われてこなかったその影響力をいまも発揮し続けているのだが、いわば並列された国民文学からなるものとして考えられている。その国民文学なるものは、それぞれが固有の精髄を表現し、たがいに相容れることもない。そして、統一された共同体の影響下にある読者のためだけに特別なテクストが描き出す集合的なアイデンティティによって、個別に定義されるのだ。

しかし、こういった空間的距離に比べて、時間的距離の障碍がより少ないわけではないことは付け加えておくべきだろう。時代を超えて届けられる文学について、確固たる意志を持って情報を得ようとしない限り、過去の作品はわたしにとって、遠い彼方の作品とおなじように異質なのだ。本当に自分が、クレチアン・ド・トロワ[4]やヴィヨン、ラブレー、モンテーニュを理解できていると言いきれるのか。こういった推論を徹底して推し進めていくと、このような考えの不条理が露わに見えてくるだろう。もし人類がひとつでないならば、人類は孤島のようなものになり、細片となって、ここにしめす分析過程に論理的な着地点を定めることもできまい。そしてついには、いずれの作品もテクストも、その時代や言語、著者がどうあれ、不透明で浸透できない言語の泡として立ち現れることになってしまうだろう。もちろん、距離に程度の差があるのは確かだ。しかし、だからといって、ここで問題となっている推論が立脚している原則が変わるわけではない。シェイクスピアを読めるなら、世阿弥を読めない理由などない。そして漱石を読めないのならば、プルーストを読める理由もないのだ。

じっさい、そして問題の核心はそこにあるのだが、文学作品がわたしたちにうながすのは、同一性の経験であると同時に他者性の経験でもある。そして、こうした経験が可能であるということ自体が、その地平として、差異のなかにあっても人類はひとつであるということを前提としているのだ。

四

わたしがここで読者としての経験として語ろうと思うのは、数年前に紀貫之の『土佐日記』を発見したわたし個人の経験である。散文に短歌を折り込んだこの「日記」には、愛娘の喪に服した土佐国の国司が京へと向かう船旅がつづられている。五十五日におよぶ航海がはじまったのは承平四年十二月二十一日、西暦で言えば九三五年一月のことである。平安時代の古典として西洋でも知られている『源氏物語』や『枕草子』に先立つこと五、六十年、日本文学でもっとも古い作品のひとつである『土佐日記』には画期的だった点がいくつもある。専門家が指摘するのは、たとえば、あの「もののあはれ」という言葉が最初に用いられたことだ。その後、長きにわたって日本の芸術と文学の本質と考えられることになるこの言葉は、事物の儚さをまえにして湧きおこる、哀愁を湛えた情趣の高まりを示す。だが、この作品がとりわけ重要なことは、男性が用いていた漢文ではなく、仮名文を用いることで作者が女性に身をやつし、侍女が書いた日記として物語を仕上げた点にある。きわめて独自なこの試みを行った紀貫之は、歌人として知られ、『土佐日記』を執筆する数年前に『古今集』を編纂していたが、その序文で日本の詩歌の本質をめぐる初の本格的な思索を書き留めていたのだった。

『土佐日記』はわずか数十ページの本だが、数多くの注釈を呼び起こすことができる。まずは、教養語であった漢文（中国語）と日常語の和文（日本語）のあいだに見られる対立という問題がある。それは男文字と女文字の間を分かつ境界線に重ね合わせられるのだが、それがこの作品によって乗り越えられたのであった。そして、以上のことは、あのきわめて独自な私語りの試み（「私」が他者の声で語るのだ）に結びついており、それが西洋文学史の常識に対する感動的な反証となっている。というのも、文学史は、西洋において正当な私語りの文学の登場はジャン゠ジャック・ルソーの『告白』を待たねばならないとしているからである。

五

『土佐日記』でわたしが注目したいのは、ごく短いくだりだが、そこに書かれていることは、この重要かつ独自な作品が同時に探究している他の問題と分かちがたく結びついている。

土佐国の国司と語り手の侍女が乗る船は、悪天候のせいで海にこぎ出すことができずにいる。乗客たちは、寄港を強いられて味わう退屈をそれぞれに紛らわす。「二十日の夜ふけの月が出てしまったことだ。〔月の出にふさわしい〕山の端もここにはなく、海のなかから出でくるのだ」。この光景のために、語り手はかつて安倍仲麿が詠んだ歌を思い起こす。遣唐留学生として中国にわたった仲麿は、帰国する船が難破し、その後は戦乱などの影響で、そのまま帰朝することなく彼の地で過ごした人物である。仲麿は唐のひとたちと別れる際に、祖国への郷愁を胸に、異郷の丘のうえに立ち、故郷と自分の間に横たわる海に映る月明かりを眺めて詠んだということだ。

あおうなばら ふりさけみれば かすがなる
　みかさのやまに いでしつきかも

それにつづいて語り手は記している。「彼の国〔唐〕の人には、聞いてもわからないだろうと思われたけれども、その歌のこころを、男文字〔漢字〕でおおよそ書き表して、日本語を習得している人に説明したところ、歌のこころが飲み込めたのだろうか、思いのほか感心したという。唐とこの国とは、言語は異なるものだけれど、月の光はおなじなのだから、人のこころもおなじことなのであろう」

六

中国人と日本人の話す言語は異なるが、漢字を用いて意思の疎通を図ることができる。両国は海に隔てられているが、仰ぎ見るのはおなじ空であり、そこにおなじ反映を投げかける唯一つの月を見出す、というのだ。この光景が彼らのうちにかき立てる感情は同様のものであり、結果として彼らは、他者の試練、ここでは流謫の試練をおなじように共有できるということだ。

かくして、『土佐日記』が安倍仲麿の歌に詠まれた経験から導きだすのは、人類はひとつという真実である。そして、まさに文学によってわたしたちは、各人を他者から区別すると同時に、それにもかかわらず他者へと結びつける何かを感じとる。この考えが、物語のすこし先でふたたび現れる。船が川をさかのぼり、目的地が近づいてくると、歓喜が乗客たちを満たす。とりわけ、まだ訪れたことのない京の都を子どもに見せてやろうという母親たちの喜びはおおきかった。それを見て、国司の心のうちに、そしてとりわけその妻の心に、悲嘆の思いが生じた。彼女にとっては、きわめて辛い帰郷だった。それが日記の主題でもあるのだが、二人は異国の地に愛娘の遺骸を残してこなければならなかったのである。

「この様子を見て、子を亡くした母が、悲しさに堪えられずに、「なかりしも　ありつゝかへる　ひとのこを　ありしもなくて　くるが、なしき［他の人は行きにいなかった子を連れて帰るのに、行きにはいたわが子が今はなく帰るのは何とも悲しい］」と言って泣いた。父親の方はこれを聞いて、どのように思ったことだろうか。このように亡児を嘆き悲しむのも歌を詠むのも、すき好んでするわけではないだろう。唐でも我が国でも、堪えられない思いをしたときになせるわざなのだとか……」

流謫の試練と同様、喪の試練も普遍的といえる。天空に輝く月の、あるいは絶えず変わりゆく海の水面に反映する月の、おなじひとつの光景が心を打つように、喪の試練はすべての人間の心を等しく動かす。表現する言語や、生まれ落ちた時代と場所がどのようなものであれ、詩——広義での文学——は、紀貫之が描き、それによって万人が通じ合うような、あの感情の極みから生まれるのである。

七

もちろん、ひとつの例で充分なわけはない。フランスの諺にあるように「一羽のツバメが春をもたらすわけではない」からだ。戯れに、この諺を『さりながら』でわたしがやったように架空の俳句に仕立ててみようか（ちなみに、わたしの創作はしばしば本物の俳句と見紛われ、そのまま引用されたりするのだが……）

くものまに　つばくらめ飛び　春きたり

古典作品から引用したわずかなくだりによって、ある理論を裏づけられると考えるほどに、わたしは素朴ではもちろんない。

あらゆるたぐいの反論がなされることだろう。自国の文化と中国文化のあいだには思考と感受性が共通しているとする紀貫之の考えは、中国が日本に及ぼした影響によって十分に説明されうるとか、人の心はどこでもおなじだという考えがたとえ彼にとっては意味があったと仮定しても、そして彼が人類なる概念を漠然と持っていたとして、彼が先駆的に抱いた考えを全人類にまで広げようとしたなどということは、結論づけられないだろうとか。そもそも日本の哲学者たちが、日本文化を特徴づけるのは名状しがたい特殊性であり、他のすべての文化とはまったく異なるという確信を擁護し、発展させてきた。彼らはそれをみごとにやり遂げたので、日本でも外国でも、そうした確信はひとしく真実として受け止められている。しかし指摘しておきたいのは、この「日本人論」と呼ばれる学問領域で展開される思考の訓練には、さまざまな留保をつけねばならないということだ。この考えに非常に古い痕跡が見いだせることは事実だが、それが西洋的な国家主義への反応として発展したものであることも事実であり、時としてそれが提唱していた非常に疑わしいモデルに倣っている。したがって、国民性をめぐるイデオロギーが異国風の装いで立ち現れたからといって、フランスにおいて不幸にもいっそう身近なかたちで力をふるっているとき以上に寛大な姿勢で考慮する必要などないのだ。

これらの問題はすべて、歴史家たちの管轄である。じっさい彼らは問いをたて、解決しようと力を尽くしている。日本的な特殊性の概念は自明というにはほど遠く、何世紀もかけて築き上げられてきたのだということを示そうと、歴史家たちは全力を挙げている。そしてその特殊性が、人類はひとつだという考えの反証となるか否かを問い続けるのだ。いずれにせよ、歴史家のなかでもっとも懐疑的な者であっても、十世紀の日本を生きた紀貫之が明確な姿勢で普遍性の概念について語っていること、そして、そのためにソクラテスやキケロや聖パウロを読んだ可能性はほとんどないということについては、私に同意してくれるだろう。

八

おなじような仕方で、万人の心に語りかける出来事がはたしてあるだろうか。『土佐日記』の主題でもある、子どもの死はその一例だろう。紀貫之はそれを疑わず、次のように詠っている。

よのなかに　おもひやれども　こをこふる
おもひにまさる　おもひなきかな

このような気持ちには、反駁の余地がないように見える。ところが、それだからこそ、文化相対主義を擁護する者たちはこの問題を検討し、次のように説明する。子どもの命に与えられた価値は先入観にすぎず、実際のところ、感じやすい心の持ち主にとっては意味を持つが、価値を持つのは無邪気な人間に対してのみなのだ。それは社会的に規定された思い込みでもあって、時と場所によって異なる。そもそも西洋世界では、経済や人口学的条件によって子どもの死亡率が下がることでようやくこのような価値観は生まれたのであり、それまでは何の意味もなかった。多くの思想家たちが言及する手紙のなかでモンテーニュは、娘を失った妻に、悲しみを癒すためにプルタルコスを読むように勧めている。[5] まるで、そうすれば事態にけりがつくと思えるかのようだ。あるいは、現代のいんちき医者の言葉でいえば「喪をなす「諦める」」のに十分であるかのようだ。しかし、それに対して『夜の果ての旅』の一節も引いておく必要があるだろう。この小説で、セリーヌは、ベールの死をめぐってモンテーニュを引用し、そこにコメントを添えている。セリーヌはモンテーニュ夫妻の悲しみを疑うわけではいない。ただ、夫のほうのいくらか奇妙な語り口に驚いているのだ。「しかし結局、それは彼らの、この連中の問題なのだ。他人の心の正確な判断なんて絶対にできるものじゃない、たぶん彼らも深刻に悲しんでいたんだろう、その時代の悲しみ方で？／それにしても、ベベールの問題では、僕にとってはまったくいまいましい一日だった。死んじまったにせよ、生きているにせよ、ベベールのことでは僕はついてなかった。地上に何ひとつ彼に味方するものはないように思われた、モンテーニュの中にさえも。もっともだれにしたところで同じことだ、少しむきになれば、宙をつかまされる」[6]

ところが、子どもの命はとりわけ日本ではさほどの価値がないなどと述べている現代小説が存在するのだ。それは西欧人の少女による日本生活の物語なのだが、「相手が誰であれその命を救ってしまうと、相手に過度の恩義を与えてしまうので、人を救うようなことはしないという日本古来の規範に忠実な」人びとの目の前で、彼女は溺れて死にかかったことが二度あるという。[7] この一節を読んで、大笑いしたわたしの日本の友人は一人や二人ではない。友人たちがさらに笑ったのは、一部の西洋人作家が創り出す異国趣味たっぷりの粗悪品を、フランスの読者が紛れもない真実だとたやすく信じ込んでしまうことだ。こういった作家たちは、きわめて低劣な人種差別的先入観を、東洋の人びとの底知れない精神についての深い洞察だと思わせることにまんまと成功するのだ。だが、いうまでもなく、誰かが溺れていれば、それが子どもであれ大人であれ、助け上げるのは日本でも他の国と変わらないのである。

おなじ例は、フランソワ・ジュリアンが引く、古代中国の思想家のものでもある。「井戸に落ちかかった子どもに気づく者は誰であれ、はっとしてその子を捕まえようとする」[8]。それに続くのは、「こうした憐れみの道徳的意識を持たないものは人間ではない」という言葉である。ジュリアンが説くように、このことによって、否定的なかたちではあるが、「〈人類〉の制御できない反応というあり方で、普遍性への志向」が浮かびあがるのだ。だからこそ、憐れみの情は、人類の統一性を証すものとなる——ルソーが憐憫に与えた役割や、最晩年のバルトがそれをプルーストやトルストイの小説の精髄だとみなしたことは、知ってのとおりだ——。しかし、今日の世論がつくる天秤においては、孟子、ルソー、トルストイの言葉は、アメリー・ノトンブの言葉と比べてどれほどの価値があるのだろうか。

九

あたりまえのことだが、世界中の考えから気の向くままに何かを取り出すことで、ひとはなんであれ証明することができる。そして、その正反対もまた証明される。

背理法による証明や、反論の余地のない証拠というものがあるように、哲学や文学、人文科学には「日本による証明」とでも呼べる論法が存在するということが、冗談交じりに指摘されてきた。それは、わたしたちの無知を当て込んで、証明の必要に応じて彼の地に赴いては、例や反例となりそうな事柄を探し求めて、あらゆる命題をつごうよく実証したり無効にしたりすることである。

たしかに日本という国は、あらゆることがらと、その反対のことがらの証明を可能にする。わたしがいままさに行っているように、人類はひとつであるということを明証するためのものを、反駁の危険をほとんどおかすことなく見つけることができるのだ。たしかに、十世紀の日本、とりわけ紀貫之のような歌人が（フランスでは専門家以外にほとんど読者がいないので、わたしはのびのびと好きなことを言うことができる）、こうした考えを表明しているのだから、きっと反対の主張の論拠となるものを、おなじように意表をつく作家のうちに見つけることもできるにちがいない。

ミシェル・ビュトール[7]が短いエッセイのなかで指摘していたように、西洋人にとっての日本は、つねに地球の反対側にある土地であり、そこではすべてが逆さまになっていると考えられてきた。一五八五年に執筆されたイエズス会宣教師ルイス・フロイスの小冊子は、何よりもそのことを明示したもっとも古い書物であるが、その正式な題名は次のようなものだ。「ヨーロッパの人々の習慣とこの日本の国の人々の習慣との間にある若干の対照と差異について述べた小冊子。もっともこの下 Ximo 地方では日本人が外見上われわれと一致しているように見える若干の事柄が見られる。しかしそれらは彼らのあいだに共通した一般的なものではなく、彼らと取引するために船で渡来するポルトガル人との交渉によって摂り入れられたものである。彼らの習慣はわれわれの習慣ときわめてかけはなれ、異様で、縁遠いもので、このような文化の開けた、創造力の旺盛な、天賦の知性を備える人々の間に、こんな極端な対照があるとは信じられないくらいである[10]」

レヴィ＝ストロースに話を戻せば、彼はこの本に短いがみごとな序文を書いている[11]。彼がそこで言及するのは、ヘロドトスが伝えているように、古代ギリシア人がエジプトを「逆さまの国」と考えていたということだ。そこではすべてが上下逆さまだったので、たとえば女性は立った姿勢で、男性はしゃがんで用を足すほどだったという。いまや日本は、わたしたちにとって、おなじような「逆さまの国」であり、いくらかおめでたいその確信は、ときとしてやはり突拍子がない。だが、レヴィ＝ストロースは次のように付け加える。「二文化間に認められる対称性は、両者を対立させつつ結びつける。二つの文化は似ていると同時に異なっているようにもみえる。それは鏡に映るわたしたち自身のイメージのようでもあり、細部に自分を認めながらも自己に還元することができないものなのだ。旅人が、自分の習慣とは正反対の習慣に不快感を覚えてこれを軽蔑し、切り捨てようとしていても、それらが実際には同一であり、逆さまに見たものであることを納得すれば、奇妙さを飼い慣らし、親しみのあるものに変えることができる」

だとすれば、わたしの理解が正しければ、差異や矛盾は、同一性を基盤としてのみ繰り広げられることになる。思考と感受性を表現する言語の方は、揺らぐ海の水面に映る月影がそうであるように、多様である。にもかかわらず、紀貫之の言うとおりで、ひとのこころはひとつなのだ。

1　クロード・レヴィ=ストロース『人種と歴史』（荒川幾男訳、みすず書房）

2　フランソワ・ジュリアン（一九五一―　）は、フランスの哲学者で中国思想の専門家。*De l'universel, de l'uniforme, du commun et du dialogue entre les cultures*, Fayard, 2008.

3　アラン・バディウはフランスの哲学者（一九三七―　）。『聖パウロ』（長原豊・松本潤一郎訳、河出書房新社）。

4　クレチアン・ド・トロワは十二世紀後半のフランスの詩人。代表作は『荷車の騎士ランスロ』『聖杯の騎士ペルスヴァル』。

5　モンテーニュには六人の子どもがいたが、次女を除いてみな生まれてまもなく亡くなっている。長女を亡くした妻に宛てて、一五七〇年にパリから送った手紙で、モンテーニュはプルタルコスが妻に送った手紙を自ら訳して同封し、自分のかわりにその手紙が慰めてくれる、と述べている。

6　『夜の果ての旅』（生田耕作訳、中公文庫）下巻、七六―七七頁。

7　これは後に言及される、ベルギー出身の作家、アメリー・ノトンブ（一九六六―　）の小説の一節。外交官の娘として神戸で生まれ、五才まで日本で育った彼女は、日本社会を痛烈に批判した自伝的小説、アメリー・ノートン『畏れ慄いて』（藤田真利子訳、作品社）を発表。

8　ここで引用されるのは『孟子』の「公孫丑上」六章、いわゆる「惻隠の心」を論じた部分。

9　ミシェル・ビュトール（一九二六―　）はフランスの作家、詩人。ヌーヴォー・ロマンの代表的作家。何度か来日している。

10　ルイス・フロイス『ヨーロッパ文化と日本文化』（岡田章雄訳注、岩波文庫）、一三頁。

11　一九九八年に復刻されたフロイスの本（*Européens & Japonais, Traité sur les contradictions & différences de mœurs*, écrit par le R. P. Luís Fróis au Japon, l'an 1585, Chandeigne, 1998）にレヴィ=ストロースは序文を寄せている。引用は p. 9.

天地創造あるいは黙示録[1]

一

数年前から、わたしはパリ植物園のすぐ近くに住んでいる。これはかつて王立庭園と呼ばれていたもので、パリ市内でもっとも驚異に満ちた場所のひとつであり、わたしのようにこの街で育った子どもにはとても親しい場所だ。そこには、国立自然史博物館があり、進化の過程を示した大陳列館《グランドギャラリー》や、鉱物学や恐竜のコレクションがある。また冬庭園やその他の温室、そして、付属動物園もある。当時のヨーロッパでは馴染みの薄かったエキゾチックな動物にパリ市民が接することができたこの動物園については真しやかな伝説がある。パリ・コミューン[2]の際に、包囲され、飢え死にしかかっていたパリ市民の食卓にわずかながら肉を提供したというのだ。

規則正しく遊歩道が延び、直線的な展望《パースペクティヴ》が拡がるこの小さなフランス庭園に、時空を越えて四散した、思考を絶する宇宙の物質のすべてが集められたかのようだ。人間が存在する前の時代を証言する岩や化石、剝製にされた動物、檻や籠のなかを動き回る生きた動物。原産地から引き抜かれ、それらが原初のエデンの園に生えたときのように、一堂に会したもっとも希少な植物たち。すべてを完璧にするために、そこには迷宮庭園もある。そして、地下墓地《カタコンベ》さえも。

時代遅れとなり、まともな学者からは見捨てられてしまった「自然史＝博物誌《ナチュラル・ヒストリー》」[3]という表現がここの住民に指し示すのは、今ではこの場所と、その創案者であるかのビュフォン伯爵[4]のみだ。公園の入り口には彼の彫像が立っていて、自分が相変わらずこの土地の唯一にして正当な所有者であることを示すかのように、自らの領地を訪れる人びとを迎える。

二

「自然史＝博物誌《ナチュラル・ヒストリー》」という表現を、世界に関する壮大な未完の百科事典のタイトルに用いて、有名にしたのは彼だが、それは彼の創案ではない。この言葉はより古く、ラテン語の Historia naturalis に由来する。

この表現を現在の意味で解してしまうと、不合理、いや、ほとんど矛盾にさえ見えるだろう。「自然」の特徴とはまさに「歴史」を持たないことだからだ。自然にとっての時間、星辰の動きや惑星の激変や種の進化に関する時間は、その広がりによって、わたしたちの想像力の限界すら超えている。「歴史」は「人間」とともに生まれる。より正確に言うと、歴史は人間以後に生まれるのだ。というのも、歴史は、文字の発案によって、つまり、物語が可能になったときに始まるからだ。物語によって、人類は自分自身に対してその過去の痕跡を保ち、自らの身の丈に見合った意味をそれに与える。

「自然史」という表現が馬鹿げたものでなくなるためには、「歴史」という語を、そのギリシア語の語源に基づき、もっとも古い意味、つまりヘロドトスが自らの本に与えた意味で理解する必要がある。この本こそ「歴史」という学問分野を創設し、その後のあらゆる歴史書はそれに由来するとされるのだが、ギリシア語の historiai とは「調査」を意味する。つまり、自然史とは、世界の諸現象や自然の事物のうちで行われる方法的かつ組織的な調査のことであり、森羅万象の、増殖し無尽蔵な多様性を秩序づけようとする試みなのだ。

三

畠山直哉が今回の展覧会に与えた、「ナチュラル・ストーリーズ」というタイトルを真正面から受け取る必要があるだろう。この英語のタイトルは、わたしが想像するに、日本語だとすこし違ったものになるのではないか。意味そのものというよりはニュアンスが異なってしまうだろう。事物はそれを言い表す言葉によって変化する。畠山自身も触れているように、フランス語の histoire という語は、日本語の「歴史」とは異なり、人類共通の過去（英語の history）と同時に、各人が自分や他人に向かって紡ぎ出す物語（英語の story）をも意味する。あたかも過去の現実《リアリティ》、過去の真実が、個々の虚構の対象となるような瞬間から発するのでなければ存在しなかったとでも言うかのように。

わたしの考えでは、畠山直哉の想像力をかき立てそうな別のフランス語がある。それは inventer［考案する］という動詞で、学者や技師、考古学者や探検家に関係した語で、「発見」と同時に「創造」を意味する。たとえば、あの伝説的なリンゴの木によって重力の法則を最初に定式化したニュートンの場合がそれだ。あるいは史実としてはかなり疑わしかった二篇の詩のうちに読んだものを信じて、古代トロイの廃墟を明らかにし、彼以前にも確かに存在していたとはいえ、現実性をほとんど欠いていた事物に現実性を与えたシュリーマンの例だ[5]。

芸術家——ここでは写真家——は、彼の映像《イメージ》によって、このような調査を行う。芸術家が物語＝歴史を語るとき、彼は森羅万象の光景を自らの個人的な話へと変えるのだが、この光景なるものは、人々に共有されたものであると同時に、彼によって考案されたもの、つまり発見され、ひとつの身振りによって創造されたものでもある。

このように、あらゆる真正な作品は、そして畠山の場合はまさにみごとにそうなのだが、天地創造の趣を備えている。

四

大プリニウスの『博物誌』——後のあらゆる博物誌のモデルになったもの——は全三十七巻[6]。ビュフォンの『博物誌』——著者の生前に刊行されたもの——は三十六巻。どちらも、一人の人間がその時代のあるゆる知を掌握し、すべてを「内包する」——つまり、ふくみ、説明する——大全《スンマ》に、たった一人で署名しうると考えることができた時代のものだ。その実現はすでにかなり仮定的なものに思われたとしても、少なくとも、このような企図が、原則的にはまだ思考可能だったのだ。ビュフォンの『博物誌』は啓蒙精神の頂点であるディドロとダランベールの『百科全書』と同時代のものだが、けっきょく未完に終わった。

こういったことが今では過去に属すことは確かだ。今日ではもはや、いかなる調査もフィールド全体を汲み尽くしている、つまり知の全領域を掌握し、世界のあらゆる側面を報告している、などと主張することはできまい。逆説的だが、わたしたちの知が増大するにつれ、わたしたちが無知であり、存在する全体性を精神が捉えることができないという意識は増大する。宇宙は、汲み尽くしがたい謎という形を取り、わたしたちの行動範囲が拡がるのに応じて絶えずその深さを増すのである。

今日では、わたしたちは百科全書を断念したと思う。百科全書とは語源的に「知の環」を意味するのだが[7]、すべてのものを思考によって制覇しようという企図はいまや想像不可能だ。それでも、その夢は残り、抵抗する。そして、この夢があるからこそ、芸術家は、この古くからある消しがたい欲望、自らが創造する作品の限界のうちにおさまる外観に広大無辺さを与えたいという欲望を断念することなく抱きつづけているのだ。少なくともわたしは、畠山の企図をこのように理解する。彼の「ナチュラル・ストーリーズ」、つまり複数形での歴史《イストワール》=物語は、「自然史」というかつての壮大な建造物の廃墟のように、また残骸のように現れる。それはメランコリックな仕方で自然史の記憶を保っている。しかし、独自の仕方であり、必然的に断片的なものではあるが、「ナチュラル・ストーリーズ」は自然史の夢を生きたまま保存しようとして、世界の形を——たとえそれが思考を絶したものだとしても——わたしたちの眼前に顕わにすることを諦めないのだ。

どのような時代に生きているのであれ、芸術家にとって、すべてはつねにやり直されるべきものだ。無から。

五

それはあたかも、各自が事物の誕生する最初の瞬間を生き、無からそれらを引き出す動きに立ち会っているかのようだ。宇宙は物質全体を攪拌し、そこから、意識が目覚める誕生の光景を作り出す。あるいは、結局は同じことだが、あたかもすべてが遠い昔に消え去り、かつてあった事物の埋もれ、四散した、残滓だけが残っている。過ぎ去った持続によって累積した堆積物によって覆われながら。

『博物誌＝自然史』――プリニウスのであれ、ビュフォンのであれ――は、あるがままの世界という建造物《モニュメント》を全体として記述する。一方、畠山の「ナチュラル・ストーリーズ」は、世界を過去に存在したもの、あるいは未来に存在するものの断片として示す。どちらの場合でも、人間の姿はほとんどそこに見あたらない。自然史の方法的原理によって、そこから人間は排除されている。じっさい、この学問は、鉱物界、植物界、動物界全体を扱うが、動物界の頂点を占めるとされる存在は無視されるからだ。畠山の「ナチュラル・ストーリーズ」においても人間はほとんど姿を見せない。現れるとしても例外的だ。人間は闖入者なのだ。それはたとえば、誰ひとり足を踏み入れたことがない場所に入り込み、起源の完全な処女地を踏む開拓者《パイオニア》だ。あるいはまた、仲間が逃げ出した場所に残り、完全にひとりぼっちになってしまい、廃墟と化した建物や放置された住居の空洞の外壁が残したカタストロフの痕跡のただなかに迷子になった生存者《サバイバー》だ。

空虚のうちに刻印されたいわば極小のシルエットとして、文字通り二つの酷似した広大無辺さのあいだに、すなわち虚無と無限のあいだを彷徨《さまよ》う。これがパスカルの描いたわたしたち人間の状況だった。「人間は自然のうちにおいて何ものであろうか。無限に比しては虚無、虚無に比しては全体。虚無と全体とのあいだの中間だ。彼は両極から無限に遠く、自分がそこから引き出されてきた虚無からも、そこへ呑みこまれていく無限からも隔てられている」[8]。畠山直哉の写真はこれに似た眩暈を証言している。より正確に言えば、見る者に、この目眩の深い感情を与えるのだ。しかし、キリスト教を護ろうとした哲学者が望んだのとは異なり、人間を意識しない宇宙のただなかでのわたしたち人間の「悲惨さ」を感じさせるという意図でなされるわけではない。むしろ反対に、その映像が与える眩暈によって、彼の写真はいわば幸福な忘我《エクスタシー》のうちであらゆる自己意識が消え去る宇宙の素晴らしさをわたしたちに与えるのだ。

六

人間以前の世界、もしくは、人間以後の世界。これが「ナチュラル・ストーリーズ」の主題だ。それは芸術と科学が分離する前に世界のいたるところに見られた強力なポエジーの世界と結びついている。日本の古典文学にもその例はあるだろうが、西洋の人間にとっては何よりも聖書、その「天地創造」から「黙示録」まで、あるいはまたヘシオドスの『神統記』[9]やルクレティウスの『物の本質について』[10]で示されたものだ。

これらの発想の源泉はおなじだ。さまざまな世界の動き、その誕生と滅亡、諸元素の働き、これらの元素が空虚のなかで結合し、寄り集まり、分離し、すべては不断に他のものへと変化するという変転の永遠で、束の間の光景を現す。畠山直哉の仕事はあらゆるものの再検討を目指す。時間と空間の次元までもが、それらを結合する諸関係にしたがって考察されて再検討される。また、事物の光景を組織する対立と二極性までもが再検討される。すなわち、微視的なものと巨視的なもの、高さと低さ、過去と未来、持続の経過と瞬間における持続の否定といったことすべてだ。

芸術家は諸々の現象のあいだで調査を行う。彼は空間のうちを旅する。探索家のやりかたで。ヨーロッパが日本について認識したもっとも古い挿絵本のひとつは、ドイツ人医師エンゲルベルト・ケンペルなる人物のもので、そのタイトルは、『日本帝国の宗教・文化・自然史』という[11]。偶然の巡り合わせだが、畠山直哉の「ナチュラル・ストーリーズ」はヨーロッパへと旅立った一人の日本人の報告である。その写真の多くは旧大陸のなかでも「古い胸壁で囲まれた[12]」フランス、ドイツ、スイスなどで撮影されたが、ドキュメンタリーとしての価値は付加的なものにすぎない。その写真は、異国趣味という衰弱しきった魅惑とは無縁だ。目指されているのは、異質性のより根源的かつ普遍的な印象を生産することだ。じっさい、空間こそが時間をふくんでいるのであり、その逆ではない。彼が撮影した地下坑や採石場やぼた山は、他のどんな場所のものでもよかっただろう。というのも、これらの写真が証言するのはひとつの宇宙論だからである。そこでは人間の歴史など、諸文明のあいだに見出す区別も含めて、一過性の挿話にすぎなくなってしまうからだ。

七

わたしたちの眼の前で、ひとつの世界が誕生する。

「ナチュラル・ストーリーズ」で展示される『ブラスト』のあのとてつもない爆発の映像《イマージュ》を見ていただきたい。それはまるで、原始のカタストロフを定着したかのようだ。

その軌道の微細な傾斜によって空虚のなかで原子が衝突し、たがいに跳ね返り、鉱物的な花のように開花する一種の混沌《カオス》が引きおこされ、それが不意に空間を満たし、空を暗く輝かせる小石の花火の花束《ブーケ》だ。そして、そこから蒸気のジェットが噴出する。いわば、地に落ちた隕石のようだが、この隕石は、災害の原因なのか、それとも残骸なのかはわからない。

アンドレ・ブルトンが『狂気の愛』の第一章で述べた「痙攣的な」美を、写真によってこれほどみごとに例証したものはないだろう。ブルトンは、痙攣的な美を「当のオブジェが運動しているときと休息しているときを結びつける、相互的な関係を確認することによってしか存在[13]」しえないとしていた。あの有名な「爆発的―固定的」という定式だ。この定式をシュルレアリスト詩人が、畠山によって撮られた写真のうちに見てとったかのようにに思えてしまうのは、彼の写真が究極の緩慢さと究極の速度が混じりながらも、どれが人間の仕業でどれが自然の仕業なのかをもはや言うことはできない同じタイプの「不動の動き」のヴィジョンを表しているからだ。こうして、マン・レイとブラッサイの作品の傍らに、ブルトンは「何年ものあいだ熱帯の原生林の錯乱に放置されているとでもいった、堂々とした機関車の写真[14]」を想像した。あるいはまた、洞窟の天井から滴り落ちる「バタヴィアの涙」かならる、あの「〈皇帝のマント〉と呼ばれる、そのドレープの仕上がりが彫像術を永久に寄せつけることなく、ライトの光によるバラの花で覆いつくされている巨大な鉱物のマント」を。

今度は、畠山がアーレンで撮った施設の写真について考えてみよう。それは、崩落によって巻き上げられた砂煙のなかに崩れ落ちる建物だ。わたしたちの目の前に展開しているのは、正反対のプロセスだ。大地は地表に立っているすべてを自分のほうへと呼び寄せる。わたしたちが立ち会っているのは世界の終わりの光景、いわばミニチュアではあるが全宇宙に匹敵する黙示録なのだ。映像《イマージュ》は運動を停止させ、運動に水晶のごとき固定性を与える。そのため、見る者は、この光景が逆方向にも起こりうるのではないかという幻想を抱くだろう。世界は一瞬のうちに捉えられる。それは同時に、虚無から物が現れる瞬間であり、この虚無をふたたび呑み込む瞬間でもあるような一瞬である。

わたしたちの眼の前で、ひとつの世界が消え去る。

八

わたしの目に映る畠山の芸術の特徴を一言で表さなければならないとしたら——とはいえ、それはもちろん馬鹿げたことだ。すべての真正な作品はそんな単純な形式にまとめられることはけっしてないのだから——わたしは喜んでそれを「可逆性」一般という徴のもとで語ることだろう。この可逆性によって、世界の「不動の動き」がわたしたちに対して、ある眼差しの効果のもとに現れる。この眼差しは、対立物を混同することなく、むしろコントラストを際だたせるために、対立物を絶え間なく置換させる。

もっともビビッドな拡散の動き──たとえば『ブラスト』シリーズ──が、完璧で不変な構図のうちへと固定化するのに対して『ライム・ヒルズ』の静的な風景は、目に対して一種の幾何学的な迷宮を描き、その迷宮のなかで、目は思わずぐるぐる回ってしまう。他の作品でこの写真家が実験した尺度に関する非常に巧妙な仕掛けによって、巨大なものは微少なものの様相を呈し、微少なものは巨大なものに見える。巨大なぼた山がまるで砂場の山のごとくに、空が垣間見える地底の大きな石切場がまるで砂浜で遊ぶ子どもの仕業のように見える。それでいて、ひとつの風景の個々のディテールは広がり、大陸的な規模をもつに到るのだ。『シエル・トンベ』は地表の下に石灰質の蒼天を出現させる。瓦礫となった石の板が綿雲を模倣し、この雲が別の場所では山々の新たな頂きや、頂上のありえない谷間などを付け加える。

現象はまた、自然が生み出した世界と人間が造り上げた世界との間にできた対立にも影響を及ぼす。物質のたんなる作用から自然発生的に出現したにもかかわらず、宇宙の規則的な形式は人間の手によって作り上げられたかのように見える。その一方で、人間の手によって建設され、物質そのものの劣化の結果として取り壊されたにもかかわらず、穿たれ、設計され、建造されたあらゆる構造物は不定形へと戻り、すべてが混じりあう。時間もそこに関与する。畠山は現在を撮る。それ以外のやり方などありえない。しかし、彼はわたしたちの前にいま立っている世界そのものに、かつてあったものや未来にあるものをわたしたちが夢のなかで創造するときに与える外観を与えるのだ。始まりの時間。終わりの時間。その両方。あるいはそのどちらか。

ひとつの天地創造、あるいは、ひとつの黙示録。

九

そしてまた、わたしがこのような「可逆性」の美学に適した別の語を付け加えなければならないのだとすれば、わたしが選ぶのは、「崇高」という言葉であろう。それはロマン主義の黎明期に、すなわち、まさに啓蒙の精神が自分には捉えることができない謎があることに気づいた時期に、この語に与えられた意味においてだ。たとえばバーク[15]は崇高を美と対立させた。崇高とは、人間精神が自分の身の丈をはるかに越えた光景を前にして、そこで自らを失い虚無と化してしまうような広大無辺さのうちで感じるような恐怖や動揺の体験と関係しているのだとした。

このようなものが、わたしの考える畠山の根本的《ラディカル》なロマン主義である。おそらく別の淵源もあるだろうが、ヨーロッパのモデルとおなじ源泉から汲み取られたものだと思う。それは世界の無限を前にした恍惚としたおなじ視線から生じ、その芸術の絶対的な近代性にしたがって、意識のこのおなじ静かな眩暈を表明している。畠山は、あたかも『新エロイーズ』の主人公サン＝プルーになりきって、フランスではもはや読まれなくなってしまったルソーの文を引用する。それは、彼方に見える山々の空中パノラマがときおりわたしたちに感じさせるあの真の「内的経験」のくだりだ。[16] 西洋というわたしの文化的背景を通してナチュラル・ストーリーズの映像を眺めるとき、わたしは、架空の廃墟を描いたユベール・ロベール[17]の古い魔術幻灯のような絵、穴のあいた宮殿が永遠の自然の驚異のただなかで崩れ落ちている絵のことを考える。あるいはまた、カスパール・ダヴィッド・フリードリッヒ[18]の恐ろしくも荘厳な絵、雲に満ちた谷間や氷の海のことを思う。

わたしはまたヘルダーリン[19]の詩句、河や山についての詩のことも思い起こす。詩人とは――つまり芸術家とは――、消え去った神々の痕跡を歌う者だ、と彼は書いている。だからこそ、自分で用いた「天地創造」や「黙示録」という言葉をわたしは放棄せねばならない。なぜなら、これらの言葉は、過ぎ去った宗教の時代、人々を欺いた虚妄の時代に属するものだからだ。畠山の言葉を引用しよう。「近代以降の科学的世界観の蔓延によって、自然とのあいだに、神話や宗教のスタイルを取った物語を生み出すことには、無理が生じるようになりました。山を地質科学的に理解し、月を天文学と物理学によって理解し、花の色彩や造形を昆虫との関係から理解してしまった僕たちには、大昔からの、たとえば『誰がお日様を作ったか』といったようなスタイルによる、神話的、宗教的な物語を繰り返すことは、もうできません。神話や宗教のスタイルで物語を繰り返すことはもうできない。この認識は、近代の人間に深い寂しさと苦悩をもたらしたでしょうが、しかしその寂しさと苦悩ゆえに、近代の芸術や文学は、人類がいまだたどり着くことのなかった世界の深淵にまで、どんどん降りてゆくことができたのだろうと思います」

神々の時代はもはや終わった。しかし、彼らが消え去ったあとに現れた空虚は、彼らがわたしたちの目から逃げ去ってしまったあとの退去は、深淵として残っている。芸術家はこの深淵をのぞきこみ、かつてない仕方で、世界の恐ろしくも素晴らしい美を顕わにしようとするのだ。

十

ビュフォンに先だち、最初の『博物誌』を著わし、「ナチュラル・ストーリーズ」もそこに属すジャンルを作り上げたあのプリニウスに、最後に戻ることにしよう。歴史の伝えるところによると、ヴェスヴィオ火山の恐ろしい噴火の当日、彼はポンペイの街境にいた。被害者を救助するためだったとも、ただたんに現象を観察する野次馬精神のためとも言われるが、いずれにせよ、彼は街に向かい、命を失った。[20]

あらゆる「自然史」には、その災厄が必要だ。カタストロフは、それによって人間の物語《イストワール》＝歴史と諸元素のそれとが出会い、衝突する出来事である。それぞれはたがいに無関心であるのだが、おなじ混沌《カオス》と悲劇の光景《スペクタクル》において不意に混じり合うことになる。

わたしはここで、畠山が彼の故郷を荒廃させ、家族を襲った津波について芸術家の流儀で証言した、あれらの恐ろしくも荘厳な写真について書く気にはとうていなれない。おぞましきものにはなんからの美がある。それはそうしたものなのだ。これこそが崇高の意味するところだ。世界が人間に対して行う苛酷な仕打ちは、涙の景色のうちに一種の驚くべき壮麗さを開花させる。

だから、ただひとつの写真にだけ触れることにしよう。それは海を撮影する年配の女性の写真である。アイロニーを込めて、この写真を「老婦人としての芸術家の肖像」と名づけることができるだろう。謎めいた仕方で、あらゆる紋切り型の正反対として畠山直哉は、あらゆるヴィジョンはわれわれに過去からではなく、未来からやってくる、とあるテクストで述べている。[21] そして、これこそが、彼が写真を撮るときにそのつど感じる希望の感情なのだ、と付言する。わたしたちはこの婦人について何も知らない。ひょっとすると彼女は今では亡くなっていて、彼女がどんな写真を撮ったのか知ることができないのかもしれない。ただ、彼女が遠くを眺めているという事実は残っている。寄せ来る波のほうへと、世界をひっくり返し、すべてを破壊する波のほうへと。そして、さらに遠くを、消し去ることのできない恐怖と終わりのない服喪にもかかわらず、人生は再び始まる。

明日に向かって。

1　この文章は、写真家畠山直哉（一九五八―　）の写真展「Natural Stories ナチュラル・ストーリーズ」のカタログに寄せられたエッセイ。

2 一八七〇年普仏戦争時、皇帝ナポレオン三世が捕虜になったことで第二帝政は崩壊、臨時の国防政府が第三共和制を宣言し、戦争を継続した。パリはプロイセン軍に包囲され、食糧不足に悩まされ、一月二十八日に政府は降伏したが、一八七一年三月十六日、パリ市民たちは降伏を認めずに蜂起、革命政府パリ・コミューンを樹立した。その後、ヴェルサイユに置かれた臨時政府による攻撃と北ドイツ連邦軍の封鎖により、三万人にのぼる死者を出して、五月二十八日に鎮圧された。

3 histoire naturelle は自然史あるいは博物誌と訳されるが、このテクストでは著作名は通例どおり「博物誌」、それ以外の場合は概ね「自然史」という訳語を当てることにする。ただし、原語は同じであることに留意していただければ幸いである。

4 ビュフォン伯爵ジョルジュ＝ルイ・ルクレール（一七〇七―一七八八）、はフランスの博物学者、数学者、植物学者。もともと王立庭園であった植物園を研究機関、博物館、公園へと組織変えし、世界中の植物を集めた。『一般と個別の博物誌』（一七四九―一七七八、三十六巻、死後にラセペードによって八巻が追加）はベストセラーとなり、博物学や科学思想の発展に影響を与えた。

5 ハインリッヒ・シュリーマン（一八二二―一八九〇）はドイツの考古学者。幼少時に読んだホメロスの『イーリアス』に感動して以来、その実在を疑う向きもあった伝説の都市トロイを発見することを夢見た。後に遺跡を発掘し、古代ギリシア研究に寄与した。

6 プリニウス（二二／二三―七九）は、古代ローマの政治家、軍人で、博物学者。天文、気象、地理、動植物などを解説した大著『博物誌』全三十七巻を著した。

7 『百科全書』や「百科事典」と訳される encyclopaedia とは語源的には paedia（知・教育）を kyklos（円環）に、入れ込むことを意味する。

8 パスカル『パンセ』のなかの有名な断章。

9 ヘシオドスは紀元前七〇〇年頃に活動した古代ギリシアの叙事詩人。主著『神統記』は、カオスからの世界の創造、神々の系譜とその三代にわたる政権交代劇を描く。

10 『物の本質について』の原題は、De Rerum Natura で、エピクロスの宇宙論が詩の形式で説かれている。

11 エンゲルベルト・ケンペル（一六五一―一七一六）は、ドイツの医師、博物学者。ヨーロッパにおいて日本を初めて体系的に記述した『日本誌』Geschichte und Beschreibung von Japan の著者。この本はフランス語版 Histoire naturelle, civile, et ecclestiastique de l'empire du Japon によりヨーロッパに広く知られ、ディドロの『百科全書』の日本関連項目の記述は全面的にこれによる。

12 ランボーの詩「酔いどれ船」の一節。

13 アンドレ・ブルトン『狂気の愛』（海老坂武訳、光文社古典新訳文庫）、二二一頁。

14 同前。

15 エドマンド・バーク（一七二九—一七九七）は、英国の哲学者、政治家。『崇高と美の観念の起源』（一七五七年）により、後のカントなどの崇高論に大きな影響を与えた。

16 「そこにいると人は重厚ではありますが憂鬱ではなく、平静ではありますが無感動ではなく、存在することと思考することだけで満足するのです」というくだりを畠山はスイスについて書いたエッセイ「もうひとつの山」で引いている。

17 ユベール・ロベール（一七三三—一八〇八）はフランスの画家。ローマの廃墟や庭園、噴水などに、人物像を交えた作品で人気を博し、「廃墟のロベール」と称された。

18 カスパール・ダヴィッド・フリードリッヒ（一七七四—一八四〇）はロマン主義絵画を代表するドイツの画家。高みや彼方を見すえる荒涼とした風景画で知られる。

19 フリードリヒ・ヘルダーリン（一七七〇—一八四三）はドイツの詩人。後期の作品で神々が人間に対して直接働きかけた古代ギリシアを豊かな「昼の時代」とし、神々が去った後の時代を乏しい「夜の時代」としている。神々の喪失と並んで「自然」の欠如も問題にしている。

20 プリニウスは地中海艦隊の司令官として南イタリアにいたとき、ヴェスヴィオ火山の噴火を目撃、艦隊を率いてポンペイへ向かい、救助活動を行った。彼の甥である小プリニウスが、歴史家タキトゥスに送った手紙によれば、救助活動のための殉死とされるが、博物学者として火山活動を観察し続けたために硫黄ガスによって死亡したという説もある。

21 「〈記録〉は常に未来からの視線を前提としている。そこに見える光景が過去であっても、写真自体は延々と未来に運ばれる舟のようなものだ。いっそ〈記録〉は過去ではなく、未来に属していると考えたらどうだろう。そう考えなければ、シャッターを切る指先に、いつも希望が込められてしまうことの理由が分からなくなる」と畠山は書いている。

その続きと終わり　『気仙川』をめぐって

一

彼方に見える何かを撮ろうとしている老婦人、その眼に映っているものを、彼女自身、知らない。

この写真は、『気仙川』と題された本に収められている。

彼女が見つめているのは、その後に続くページのような気がしてくる。ただ、彼女が不動の姿勢で立っているその場所は安全で、この後に起こるあの惨事を示すものは何もなくそのために彼女の身は守られている。傍観者であるわたしたちだけが、写真集をめくりながら、自分にとっては過去に属すあの恐怖の出来事のうちに身をおき、秘密を知らされてしまうのだが、それは甲斐なきことで、女性のほうは何も知らぬままで、それゆえ永遠にその事態からは守られているようにみえる。
まるで、誰もが知るあの続きなど、けっして起こらなかったかのようではないか。
そのあとに続いた終わりもまた、なかったかのようではないか。
それでも、この写真が挟み込まれた本がめざすものは、その続きと終わりなのだ。

二

畠山直哉は新たな写真集を編むにあたって、きわめて簡素だが間然することのない創作の規則に従った。第一部には、二〇一一年三月以前に撮影された陸前高田の写真が、第二部には、震災後、津波によって荒廃したこの沿岸地域の写真が収められている。

まず目に入るのは、牧歌的な自然の風景だ。そこでは、一年の流れをたどるかのように光が変化する（春や夏のみごとな緑、河から立ちのぼる秋の霧、山腹と森々をおおう雪）。そして、現代日本の田舎に関するほとんど自然主義的な手法による記録とでもいえそうな日常生活の情景がある（仕事に励む男たち、女たち、子どもたち、そして、昔ながらにめ

畠山直哉『気仙川』より　2002年8月15日　気仙町今泉　気仙川川開き

畠山直哉『気仙川』より　2003年8月23日　気仙町今泉仲町

畠山直哉『ブラスト』より　BLAST #12116（2005年）

畠山直哉『気仙川』より　2011年3月19日　気仙町今泉荒町

ぐってくる祭りの日々と仕事の日々）。その後に、津波が駈けぬけたあとのおなじ場所が現れる（だがそれは依然としておなじ場所と言えるのか？）。津波はあらゆるものをなぎ倒し、残ったものを消し去り、この地を作り上げていた素材までもすっかりこね直し、とてつもない混沌でしかないような粗暴なかたちに変えてしまった。そこにはもはや人間の場所はなく、かつての生活の面影だけが残っている。廃物や残骸、すっかり打ちのめされた街全体は、巨大で怪物的な積み木くずしゲームを途中で放棄したかのようで、すべてが錯綜した様相を呈している。

これらの写真に添えられた二つの文がこの本の二部構成を際立たせている。まず「気仙川へ」と題された文章があり、津波の発生に続く数日間、畠山がバイクで陸前高田へと向かった旅が語られている。家族を見舞った運命がどのようなものなのかもわからぬまま、情報を集め、親族を救いに行こうとする畠山は、かの地で自分を待ちかまえる荒廃の光景を、頭のなかであれやこれやと想い描いていたという。そして「あとがきにかえて」と題された文章では、撮影した写真を吟味し、震災《カタストロフィー》によって写真に与えられた意味を検証する。震災をきっかけにして畠山はこの写真集を出したわけだが、この出来事は写真集を二つに分断するのみならず、写真家に自らの芸術に関する考え方そのものの再検討をも迫ったのだ。

写真、文章。

その前、その後。

ただひとつのものが、この本には欠けている。

それは、本の核心をなすあの出来事だ。彼方を撮影する年老いた女性と同様、この出来事を見つめる芸術家は、わたしたちひとりひとりがそうであるように、結局のところその出来事について何も知らない。

三

写真には、瞬間がない。

起きたその瞬間に出来事を捉えられる映像《イメージ》などない、ということだ。

映像が欠けている。それは偶然的な理由からではない、つまり畠山の場合、津波が東北地方を呑み込んだとき、彼が東京にいたという事実によるのではない。そうではなくて、本質的な理由、表象された現実はすべて、その中心に核となる闇のようなものをふくんでいるためなのだ。この闇は視線を逃れるもので、芸術はただ近似的な複製をいくつも作り上げることでしかそれに近づくことができない。

写真術とは本質的に時間の芸術である。しかしそれが意味を持つのは、現在を欠くことによってだ。しばしば言われるのとは反対に――わたしの念頭にあるのは、この領域の美学的考察を根強く支配する神話、瞬間《スナップ》ショットや痕跡のことだ――、写真家とは、現在の瞬間を陽画《ポジ》としてとらえるのではなく、むしろ、瞬間をとらえることの困難を明らかにすることで、瞬間を陰画《ネガ》として存在させる人間なのだ。

これこそ、畠山直哉が明らかにしていることであり、彼の芸術に関する本質的な直観をあらためて裏づける。その結果として、彼の最新の写真集は、まさにそれまでの作品全体の撮り直しとなっている。以前の作品の意味を浮き彫りにし、射程を広げるような徹底した再創案を行いながらも、かつての作品群の姿はそこに認められ、わたしたちのもとに返される。

四

『気仙川』の写真を見たあとで『ナチュラル・ストーリーズ』に集められた写真に立ち返ると、わたしたちはまず奇妙な印象をうける。震災以前の作品と震災以後の作品とが、みごとな連続性によって結ばれているのだ。木っ端みじんになった陸前高田の世界が示す荒廃の情景は、『アーレン』で廃墟となった炭坑や、『シエル・トンベ』で都市の地下に広がる石切場が示していたものとおなじである。それは、人間の手で作った儚い形象が、どんな記憶よりも古くからある自然に特有の、地理的な組成や分解という大いなる力のうちに吸い込まれ、呑み込まれた世界である。とりわけ『ブラスト』や『ア・バード』の場合は、炸裂した世界の断片が目にも鮮烈なさまで放たれる爆破の瞬間をイメージとして固定するという不可能な賭けであるため、震災以前の写真と以後の写真とが、死という不在の瞬間の両側に配された『気仙川』の運動そのものを模しているようにも思える。『気仙川』では、撮影リズムの加速によって、予知はできるが矛盾をはらんだ効果が生み出される。つまり、加速は時を遅らせ、引き伸ばすわけだが、それによって、まさに破壊の極限的瞬間の前後で時が停止してしまい、あたかも持続全体の平衡点になってしまう。要するに、そこには中心軸が不在なのだ。

とはいえ、何かが起こったのは間違いなく、この何かがすべてを変え、芸術の試練を受けた真実に、パトス的次元を与えている。というのも、この眼差しがとらえた破局《カタストロフィ》は抽象的なものではもはやない、すなわち、人間のことは気にせず、世界を支配し、世界の形象を解体するような自然の生成変化がもたらす破局ではないからだ。そうではなく、人生のいまここに影響を及ぼした出来事の耐え難いほどに具体的な破局なのであり、それはこの出来事を眺める芸術家をも容赦なく巻き込み、彼の存在のもっとも敏感な部分を攻撃し、彼が信じてきたすべてを再考するように強いるのだ。

五

わたしはロラン・バルトの『明るい部屋』のことを思う。そこでは、写真という行為をめぐる真実が、喪の試練によってのみ顕現していた。亡くなった母の、欠落した写真は、写真映像の「それはかつてあった」を明らかにし、思考に対して一種の方向転換を強いるのだ。つまり、バルトが言うところの「前言取り消し」である。

『気仙川』もまた同様なのではないか。畠山がはっきりと打ち明けているように、この本が語っている経験によって、彼は「はじめて」、写真というものに「素朴《ナイーヴ》な視線」を注いだ。そして、誰しもが抱く——しかしけっして満たされることがない——あの欲求、すなわち、過去の再構成に失敗するにもかかわらず、映像を通して、かつて存在しながら今では消え去っている事柄をいくらかでも再構成したいというあの欲求に、写真がどのように応えているのかを突如として理解したのだ。

わたしはつねに、畠山直哉の芸術と西洋の初期ロマン派の芸術とのあいだに本質的な関係を認めてきた。そこから崇高の感覚が立ちのぼっているからだ。――これはおそらく誤りで、わたしが自分の文化や自分の感受性に親しい既存のカテゴリーに彼をあてはめているだけなのだろうが――それが理由でおそらくは、わたしは『気仙川』のあとがきを読みながら、「素朴《ナイーヴ》」の一語によってすぐさまシラーの著名な論考「素朴文学と情感文学について」を想い出し、そのシラーを発想源としてオルハン・パムクが講演集『素朴で情感的な小説家』に収めた思索を思い浮かべた。この講演集は彼のみごとな小説『無垢の博物館』と対をなしており、消え去った世界と人生のちりぢりになった残骸を素朴に拾い集め、それらに真の意味を与えるための美学的な秩序にもとづいた、まさに創造的な設計によって残骸を情感的に組み上げている。

畠山の意図するところもまた、こうしたことであるように思われる。

六

写真とは、喪失の試練《プリント》なのだ。クンデラの言葉によれば、小説とおなじように、写真は「失われた現在」しか証言することがない[1]。

だからこそ過去と未来は、写真をとおして、逆説的な規則に従いながら通じ合う。震災以前の写真は、やがて訪れる出来事、自らの破壊を意味する出来事のほうに向かうことによってのみ、その意味が引き出される。逆に震災後の写真は、自らのうちに痕跡をとどめているものがかつてあった、あの瞬間のほうへと反対方向に旋回することでのみ、その意味を導き出すのだ。

こうして、現在が本質的に欠落している以上、わたしたちが手に入れることができる唯一の写真が現在を表現するのは、予知か想起によってのみということになる。何かがやがて起きる、あるいは、何かが起きてしまった。

『気仙川』第一部で、写真家は前を向いている。頭のなかに思い描く映像をあれやこれやと増やすのは、決定的瞬間を、映像のうちにあったすべてのものがもう存在しないことを自らの眼で確かめねばならないその瞬間を先送りにするためでしかない。彼はヴァレリーが語る「大股にして不動の」[2]ギリシアの英雄アキレウスに似ている。古代哲学のパラドックスによれば、その動きは無限に分解されるから、アキレウスはめざす目標にけっして到達することがないという。第二部では、おなじ写真家が今度はうしろを向いている。彼の関心の対象である失われた光景は次第に遠ざかっていく。この光景が彼方へと消え去りながらも示すパトス的な情景に、彼はただ立ち会うことしかできない。

最後にあげたこのイメージは、ご存知のように、ヴァルター・ベンヤミンが遺作「歴史の概念について」で用いたものだ。ベンヤミンは、パウル・クレーが「新しい天使《アンゲルス・ノーヴス》」という名で描いた歴史の天使を呼び起こしつつ、述べている。「彼は顔を過去のほうに向けている。わたしたちの眼に出来事の連鎖が立ち現れてくるところに、彼はただひとつの出来事、破局《カタストローフ》だけを見る。その破局はひっきりなしに瓦礫のうえに瓦礫を積み重ねて、それを彼の足下に投げつけている。できることなら彼は、この災厄のほうへと身をかがめ、傷の手当をし、死者たちを蘇生させたいことだろう。ところが天国から嵐が吹きつけ、彼の翼は風にはらまれ、あまりの激しさにもはや翼を閉じることができない。この嵐は、天使が何度も背を向けようとする未来のほうへと、天使を引き留めがたく押し流してゆく。その間にも彼の眼前では、瓦礫の山が天にも届かんばかりの勢いで積み上がっていくのだ[3]」

ベンヤミンはまた言っている。「過去は救済を要求する。おそらく私たちにもほんのわずかながらその力が付与されている救済を」[4]

生存者たちだけが残る破局後のこの世界にあって、これこそが、芸術家の、慎ましくも壮麗な、些細でありながら本質的な野心なのではないだろうか。

---

1 チェコ出身の作家ミラン・クンデラ（一九二九— ）は、「失われた現在を求めて」という短い文章を一九九二年に『ランフィニ』誌に発表している。

2 ヴァレリーの代表作のひとつである「海辺の墓地」（一九二〇年）に織り込まれた表現。

3 『ベンヤミン・コレクション1』（浅井健二郎編訳、久保哲司訳、ちくま学芸文庫）、六五三頁。

4 同書、六四六頁。

訳者あとがき

本書は、フィリップ・フォレストがこれまで発表してきた日本関連の評論やエッセイを、著者と相談のうえで独自に編集したものである。なお、タイトルの『夢、ゆきかひて』は、本書収録の「交錯する夢々」の原タイトル *Un chassé-croisé de rêves* を訳し変えてつけたものである。氏の作品はこれまで三冊が邦訳されているが、初めてこの著者の作品に触れる方もあるかと思うので、ごく簡単に著者の紹介をしておこう。

一九六二年にパリで生まれたフィリップ・フォレストは、パリ政治学院で公共事業論などを学んだ後、文学研究に転じ、パリ第四（ソルボンヌ）大学文学部の大学院に進学、フィリップ・ソレルスの小説に関する研究で博士号を取得した。その後、ケンブリッジ、セント・アンドリュースなどイギリスの大学で七年間フランス文学を教えたのち、現在はナント大学教授として比較文学を講じている。小説家デビューは一九九七年に発表した長編小説『永遠の子ども』（フェミナ賞処女作賞受賞）による。この小説はあらゆる意味で、作家フォレストの出発点となるのだが、その際に強い推進力となったのが、日本文学だった。

彼が創作に向かったのは、白血病に冒され、わずか四歳で死によって奪いさられた愛娘ポーリーヌの不在という、埋めがたい欠落に直面したためだった。乗り越えがたい喪失感を抱いた彼は困難な喪の作業を始めるが、それには小説という虚構装置が不可欠だったという。とはいえ、もともと二十世紀の前衛作家たちを研究対象とし、高度な文学理論を論じてきた彼にとって、実体験をそのまま書くことなどできるはずもなかった。そんなときに出会ったのが、大江健三郎の小説であり、津島祐子の小説であった。子どもをめぐる悲愴な体験をテーマにしながらも、不思議な明るさに満ちた彼らの作品を読んで、西洋的な自我の告白とはまったく異なる「私語り」が可能だということを発見し、それが『永遠の子ども』がもつ、個人的でありながらきわめて清澄な、独特なスタイルにつながったという。自己をさらけ出すよりは、非人称的な記述のほうが高尚だという風潮がフランスの現代文学にはあったが、日本文学のおかげで、それとは異なる方向が見えてきたのである。「それまでわたしが研究してきた作家たちの場合、人間の率直な感情や自伝的な要素が遠ざけられる傾向がありましたが、実体験から出発しながらも、それを反転させ、乗り越えていくかのような日本の小説に触れた時、フランスとは別の伝統をそこに見いだし、刺激を覚えました」と述べるフォレストは、日本文学に関心を寄せ、そのなかでも〈私小説〉の発生と展開に着目した。

日本では文学史のひとこまでしかない〈私小説〉というジャンルを新たな視点から捉え直し、それを換骨奪胎して清新な「私語り」を実践するとともに、それを理論的見地からも考察すること、これが二〇世紀末にフランス文壇に登場した際に、フォレストが新たな「自己のエクリチュール」の旗手として注目された理由のひとつである。フォレストの〈私小説〉解釈については、本書を読んでいただくとして、このような問題意識がフランスにおいてどのような意義をもっているかを簡単に確認しておこう。一九七〇年以降、フランスでは、本書でも何度か言及があるフィリップ・ルジュンヌによる一連の自伝研究という理論的再検討があり、もう一方で、エルヴェ・ギベール、アニー・エルノーといった作家たちによる自分の実体験を赤裸々に語ったともみられる創作（もちろん、それほど単純ではないが）があり、その二つを架橋する形でセルジュ・ドゥブロフスキーが提唱した「自伝的虚構《オートフィクション》」という言葉が広く流布していた。そのような文脈のなかで、日本でもけっして評判が芳しいとは言えない〈私小説〉を意識的に捉え直し、それを江戸期の俳文、さらには中世の日記文学における「私語り」にまで遡る、日本的な〈私〉のあり方として、読み解くことによってフォレストは、強固な「自我」（という神話）が確立された西洋文化に対向するかたちで、「私語り」の別のモデルを構築したのだった。こうして、自らの実生活に取材しながらも、ナルシシズムを徹底的に排除した静謐な文体で、これまで六作の小説を発表してきたフォレストだが、同時に「〈私〉の小説」に関する理論的な考察も発表してきた。これらのエッセイは、ジョイスから借りた『アラフベッド』というタイトルのもと、一連の評論集としてセシル・ドゥフォ社から刊行され、現在までに六巻が出ている。その第一巻『取り違えの美しさ』が、とくに日本文学に関する評論をまとめたものだったことからも、日本文学がフォレストにとってどれほど重要であったのかが見てとれる。その後も、関心を惹く作家の翻訳が出るごとに、日本文学の紹介につとめてきた。それらの評論や講演から日本の読者の関心を惹くと思われる文章を選んでまとめたのが本書であるが、編むにあたって、内容から便宜的に四部構成とした（個々の文章の初出は、別掲の初出一覧をご覧いただきたい）。


第Ⅰ部は、日本小説論。大江健三郎論は、フォレストが最初に日本について書いたもの。

第Ⅱ部は、詩歌に関するもの。日本の詩歌のみならず、秀逸なバルト論も含む。

第Ⅲ部は、「取り違えの美しさ」と「私小説と自伝的虚構《オートフィクション》」という、フォレストの文学論の両輪となるテーマをあつかった二つの講演。

第Ⅳ部は、東日本大震災に言及したエッセイと、それとも関連する写真家畠山直哉に関する論考。


ところで、これらのテクストを通じて見えてくる評論家フォレストの特徴はなんであろうか。それは何よりも常識にとらわれることなく、東西の文学に隠れたネットワークを見出す姿勢だと思われる。『永遠の子ども』でデビューして以来、着実にキャリアを積んできた小説家であるとはいえ、もともとが比較文学の研究者であり、博識に裏打ちされた流麗なスタイルもさることながらも、ただの知識の披瀝に終わらない、発見あるいは創案があり、読者はこれまで思いもつかなかった類縁性を作家たちの間に見出すことであろう。訳者たちも、翻訳作業を通じて、日本文学について多くのことを学んだ。紀貫之とレヴィ＝ストロースを結びつけるのは、一見すると力業のようだが、その源にはきわめて繊細な精神があり、あらためて『土佐日記』を読み直すきっかけとなった。

　本書で展開されるフォレストの論旨はきわめて明解であるので、読むための道標など不要だろうし、著者が随所で述べるように、道標は、読者が自由に読み迷うことを妨げもするから、訳者としてはここで屋上屋を重ねる愚はさけることにする。ただ自分のための心覚えという感じで、主要テーマを二つだけ拾い上げておこう。

　ひとつは、子どもの喪失に代表されるような耐えがたい経験や、独自の出来事の言語化をめぐる考察である。そこで、援用されるのはバタイユであり、その「経験」という考えだ。経験と訳される expérience は、たんなる体験のことではない。それは実験や試験という意味も持つように、もともとなんらかの試練を含んだようなものであることは、語源であるラテン語の ex-periri「危機を横断する」からもかいま見える。このような個人的な経験は、きわめて個人的であるがゆえに容易にコミュニケートできないものだが、それをいかに共通の地平線へと拓くか、という文学の根幹に関わる問題が、フォレストの立場の基礎にある。言いかえれば、徹底的に個人的なものを大切にする、と同時にその個人的な経験が普遍的なものへと通じることを自覚し、その方途を探ることである。フォレストが、異国趣味《エキゾチシズム》をきびしく糾弾するのは、それが個別なものも、普遍なものもどちらも蔑ろにする、きわめて怠惰なありかたにほかならないからだ。

もうひとつのテーマは、彼の批評の出発点にあるプルーストの言葉である。いまだ『失われた時を求めて』を書くにはほど遠い、若きプルーストが記した「美しい本はみな一種の外国語で書かれている」という一節はよく知られていて、ドゥルーズがマイナー文学論でこのくだりを引いたほか、多くの作家や思想家が親しみをおぼえた考えである。したがって、これ自体に新味はない、フォレストの卓見はそれにつづく「取り違え」のほうに着眼した点である。プルーストは続けて書いている。「読者は単語の一つ一つに自分なりの意味、あるいは少なくともイメージを込めるが、それは往々にして意味を取り違えたものだ。しかし美しい本の場合には、そのような意味の取り違えがすべて美しいものとなる」。これこそ、フォレストが彼の日本文学読解のキーワードとする「取り違えの美しさ la beauté du contresens」である。つまり、曲解が新たな解釈を生み出す創造性であり、読者に与えられた自由だ、ということになる。もちろん、なんでも自分勝手に理解すればよいという意味ではない。ところが、やっかいなことに、この contresens という語そのものが、取り違えの典型のような語でもある。これは語源的に見れば、「意味＝方向（sens）に反して＝カウンター（contre）」であり、通常は「逆解釈」「誤解」「誤読」を意味するが、そのほかにも「非常識」「錯誤」、そして論理学では「反意味」、つまり、「四角い丸」のように自己矛盾的な表現そのものが持つ意味を表したりするからだ。本書では一貫して「取り違え」と訳したが、以上のような意味も含めてでのことであることをお断りしておきたい。

この二つのテーマに共通することはなんだろうか。それは堅い言葉で言えば、同一性と差異、ひらたく言えば、おなじことと違うことをめぐる問題であるように思われる。「ひとのこころはおなじ」だと言うことと、「個々の生や出来事は決定的に違うものであり、ありきたりの概念に包摂することはできない」と言うことはけっして矛盾しない。集団的な悲劇であっても、ひとりひとりの悲劇を掬い取ることが必要だと言うときフォレストは、個別を優先して、普遍を斥けるのではない。日本文化は特殊ではなく、人類には普遍的なものがあると言うとき、普遍性を優先して、個別を捨象するのではない。普遍であると同時に独自であり、独自であると同時に普遍であることを目ざさないとき、私たちは、偽物の二者択一という知的怠惰に陥ることを示唆するのである。このように書きながら、フォレストが使っている言葉ではないが、「一期一会」という言葉が浮かんだ。つねにおなじ所作でありながら、そのたびに一度限りであることは、けっして矛盾しないのだ。

違うこととおなじことが矛盾しないということ、これは翻訳にも通じることだ。翻訳とはおなじことを別の言葉で伝えることだからだ。それはけっして完全におなじではありえないが、しかしつねにおなじものが目ざされつつ、別様に表現されるのである。

ということで、最後に翻訳についても少しだけ触れておこう。『荒木経惟　つひのはてに』と同様、今回もプルースト研究の若き俊英である小黒昌文さんとの二人三脚になった。具体的な作業の進め方については前回同様、小黒が作成した訳稿に、日本語としての読みやすさという観点から澤田が手を入れた。訳註に関しては、当初はまったくつけないつもりだったが、読者の便宜も考えて、最小限の註を附すことにした。したがって、網羅的なものではないことをお断りしておくとともに、あらずもがなの註も少なくないことをお許しいただきたい。なお『土佐日記』に関しては、前後の文章との関わりと読みやすさを考慮して、無謀にも現代文に訳出した。その際、各種の注釈本を参照したが、責任は訳者にある。

フォレストは、日本関係の論考に関しては研究者とは一線を画す立場をとっていて、出典がほとんど記されておらず、著者に問い合わせてみたものの、ご本人もすでに忘れていることが多く、日本語原文を見つけるのに難儀した。翻訳作業と並行して、立教の大学院のゼミで「私小説と自伝的虚構《オートフィクション》」を読んだが、その際に出典の確認などを積極的に行ってくれた院生諸君に感謝したい。また、プルーストをはじめ多くの引用に関して、既訳があるものはそれらを参照したが、論旨との関係で多くの場合は変更して使用させていただいた。訳者の方々に感謝するとともに、非礼をお詫びしたい。論考中、邦訳のある「取り違えの美しさ」に関しては、小林新樹氏の訳文から学ぶところが多かった。ここに記してお礼を申し上げます。

今回も白水社の鈴木美登里さんには、資料の収集から原文との照合にいたるまで全面的にお世話になった。短期間で仕上げられたのは、ひとえにフォレストを熱愛する辣腕編集者である鈴木さんの献身的努力による。それでも、フォレスト氏の来日に間に合うように大急ぎで翻訳したこともあり、訳者の勘違いによる誤りなども含め不備が多々あることと思う。つまり、多くの contresense（この場合は誤訳という意味だ）があるだろう。読者の皆さまからの忌憚のないご意見、ご批判をいただければ幸いである。

企画当初から、相談に乗っていただいたフランス著作権事務所のコリーヌ・カンタンさんにもこの場をおかりして、感謝したい。また、写真の掲載を快諾してくださった畠山直哉さんにも心からお礼を申し上げます。細野綾子さんには、これまでのフォレストの本の延長線上で、素晴らしい装丁を手がけていただき、おかげさまで美しい本に仕上がりました、多謝。

二〇一三年八月、モンペリエにて

訳者を代表して　澤田　直

装丁・本文組　細野綾子

主要著作一覧

小　説

1997　『永遠の子ども』（堀内ゆかり訳、集英社）*L'enfant éternel*, Gallimard（フェミナ賞処女作賞）

1999　『一晩中』*Toute la nuit*, Gallimard

2004　『さりながら』（澤田直訳、白水社）*Sarinagara*, Gallimard（十二月賞）

2007　『新しい愛』*Le Nouvel Amour*, Gallimard

2010　『雲間の世紀』*Le Siècle des nuages*, Gallimard

2013　『シュレディンガーの猫』*Le Chat de Schrödinger*, Gallimard

評　論

1992　『フィリップ・ソレルス』*Philippe Sollers*, « Les contemporains », Seuil

1992　『カミュ』Camus, Marabout

1994　『シュルレアリスム運動』*Le Mouvement surréaliste*, Vuibert

1995　『〈テル・ケル〉派の歴史』*Histoire de « Tel Quel »*, Seuil

1995　『テクストと迷宮　ジョイス、カフカ、ボルヘス、ビュトール、ロブ＝グリエ』*Textes et labyrinthes : Joyce / Kafka / Borges / Butor / Robbe-Grillet*, Ed. Inter-universitaires

2001　『小説、私』*Le Roman, le Je*, « Auteurs en questions », Pleins Feux

2001　『大江健三郎』*Oé Kenzaburô, légendes d'un romancier japonais*, « Lecture(s) », Pleins Feux

2002　『アカシアの近く、自閉、ひとつの謎』*Près des acacias, l'autisme, une énigme* (avec des photos d'Olivier Menanteau), Actes Sud/ 3CA

2004　『レイモン・アンス、アンス・ロマン』*Raymond Hains, uns romans*, « Art et artistes », Gallimard

2005　『取り違えの美しさ──日本文学論』*La Beauté du contresens et autres essais sur la littérature japonaise*, (Allaphbed I), Cécile Defaut

2006　『「テル・ケル」から「ランフィニ」へ』*De Tel Quel à L'Infini*, Nouveaux essais (Allaphbed II), Cécile Defaut

2007　『小説、現実、その他のエッセイ』*Le Roman, le réel et autres essais* (Allaphbed III), Cécile Defaut

2007　『その子以外は誰もが』*Tous les enfants sauf un*, Gallimard

2008　『俳句、その他』*Haïkus, etc.* suivi de *43 secondes* (Allaphbed IV), Cécile Defaut

2008　『荒木経惟　つひのはてに』（澤田直・小黒昌文訳、白水社）*Araki enfin, l'homme qui ne vécut que pour aimer,* Gallimard

2010　『子殺しの小説　文学と喪について』*Le Roman infanticide. Essais sur la littérature et le deuil* (Allaphbed V), Cécile Defaut

2011　『多くの日々　ジェームズ・ジョイスの『ユリシーズ』によって』*Beaucoup de jours, d'après Ulysse de James Joyce*, Cécile Defaut

2012　『大江健三郎　増補新版』*Oé Kenzaburô, Légendes anciennes et nouvelles d'un romancier japonais*, Cécile Defaut (nouvelle édition augmentée de *Oé Kenzaburô, Légendes d'un romancier japonais*)

2012　『アラゴンの眩暈』*Vertige d'Aragon* (Allaphbed VI), Cécile Defaut

初出一覧

本書収録エッセイの原題と初出は以下の通りである。
なお、以下の二冊に関してはそれぞれ省略して記す。

La Beauté du contresens et autres essais sur la littérature japonaise (Allaphbed I), Cécile Defaut, 2005.
Haïkus, etc. suivi de *43 secondes* (Allaphbed IV), Cécile Defaut, 2008.

日本の読者へ
Preface à l'édition japonaise
本書のための書き下ろし

I　前哨の日本小説
« Le roman japonais à l'avant-poste », Allaphbed I.
薄闇の海のうえで　大江健三郎と津島佑子
« Sur la mer des ténèbres : Ôé et Tsushima », Allaphbed I.
大江健三郎の小説をめぐる最初の覚え書
« Premières notes sur les romans de Kenzaburo Ôé », Allaphbed I.

II　交錯する夢々
« Un chassé-croisé de rêves », Allaphbed IV.
中原中也　二重の詩人
« Nakahara Chûya, deux fois poète », Allaphbed IV.
俳句とエピファニー　バルトとともに、詩から小説へ
« Haïku et épiphanie : avec Barthes, du poème au roman », Allaphbed IV.
寒さ沁みいる花と雪
« Fleurs et flocons dans le froid : un haïku », Allaphbed IV.

III 取り違えの美しさ　〈私〉の小説、私小説、異質筆記《ヘテログラフィ》

« La beauté du contresens : roman du je, watakushi shôsetsu, hétérographie », Allaphbed I.

日仏文学シンポジウム「フランスの誘惑・日本の誘惑　交差するまなざし」（2001年3月28–30日、於日仏会館）での発表に基づいた原稿。なおこれはすでに邦訳がある。『フランスの誘惑・日本の誘惑』（中央大学出版局、2003年）所収、「取り違えの美しさ　Jeのロマン、私小説、ヘテログラフィー」（小林新樹訳）。

私小説と自伝的虚構《オートフィクション》　小林秀雄『私小説論』の余白に

« Watakushi-shôsetsu et autofiction : quelques notes en marge d'un texte fameux de Kobayashi Hideo »

スリジー・ラ・サール（フランス）で、2012年7月16日〜23日に行われた「文化と自伝的虚構《オートフィクション》 Culture(s) et Autofiction(s)」に関するシンポジウムでの発表原稿（未刊）

IV 天災の後に

« Pourquoi parler d' "âme japonaise" n'a pas de sens », *Le Point* du 22 mars 2011.

フランス『ル・ポワン』誌（2011年3月22日付）掲載記事

桜の灰

« La cendre des cerisiers », *L'Archipel* des séismes,'sous la direction de Corinne Quentin et Cécile Sakai, Philippe Picquier, 2012.

ひとのこころはひとつにやあらむ

« Le cœur des hommes n'est qu'un »

2010年12月16日、ナンシー第2大学で行った講演原稿（未刊）

16 décembre 2010 : « Le cœur des hommes n'est qu'un », séminaire « Transferts culturels » de l'équipe Romana, Université de Nancy II.

天地創造あるいは黙示録

« Une genèse ou bien une apocalypse — Natural Stories »

畠山直哉展「Natural Stories ナチュラル・ストーリーズ」（2011年10月1日—12月4日、於東京都写真美術館）カタログ所収

その続きと終わり　『気仙川』をめぐって

« Suite et fin : à propos de *Vers la rivière Kesen* »

本書のための書き下ろし

訳者略歴
澤田直（さわだ・なお）
一九五九年、東京生まれ
パリ第一大学哲学科博士課程修了（哲学博士）
立教大学文学部教授
専門はフランス現代思想、フランス語圏文学
著書に『〈呼びかけ〉の経験　サルトルのモラル論』（人文書院）、『新・サルトル講義　未完の思想、実存から倫理へ』（平凡社新書）、『ジャン＝リュック・ナンシー　分有のためのエチュード』（白水社）ほか。
訳書に、ジャン＝ポール・サルトル『言葉』『真理と実存』（以上人文書院）、『自由への道』（共訳、岩波文庫）、ジャン＝リュック・ナンシー『自由の経験』（未來社）、フェルナンド・ペソア『ペソア詩集』（思潮社）『新編 不穏の書、断章』（平凡社ライブラリー）、フィリップ・フォレスト『さりながら』（白水社）『荒木経惟 つひのはてに』（共訳、白水社）などがある。

小黒昌文（おぐろ・まさふみ）
一九七四年、東京生まれ
京都大学大学院文学研究科博士後期課程研究指導認定退学（文学博士）
駒澤大学総合教育研究部専任講師
専門は十九世紀末から二十世紀初頭のフランス文学・文化
著書に『プルースト　芸術と土地』（名古屋大学出版会）、訳書に、フィリップ・フォレスト『荒木経惟 つひのはてに』（共訳、白水社）がある。

夢、ゆきかひて

二〇一三年九月一〇日　印刷
二〇一三年九月二五日　発行

著　者　フィリップ・フォレスト
訳　者 ©　澤　田　直
　　　　　小　黒　昌　文
発行者　及　川　直　志
印刷所　株式会社　三　陽　社
発行所　株式会社　白　水　社

東京都千代田区神田小川町三の二四
電話　営業部〇三（三二九一）七八一一
　　　編集部〇三（三二九一）七八二一
振替　〇〇一九〇-五-三三二二八
郵便番号　一〇一-〇〇五二
http://www.hakusuisha.co.jp
乱丁・落丁本は、送料小社負担にてお取り替えいたします。

松岳社 株式会社 青木製本所

ISBN978-4-560-08322-2

Printed in Japan

▷本書のスキャン、デジタル化等の無断複製は著作権法上での例外を除き禁じられています。本書を代行業者等の第三者に依頼してスキャンやデジタル化することはたとえ個人や家庭内での利用であっても著作権法上認められていません。

フィリップ・フォレスト［著］

さりながら

澤田直訳

パリ、京都、東京、神戸。これら四都市をめぐり、三人の日本人——小林一茶、夏目漱石、写真家山端庸介の人生に寄り添いつつ、喪失・記憶・創作について真摯に綴った〈私〉小説。

荒木経惟　つひのはてに

澤田直、小黒昌文訳

膨大な作品から厳選された三十一点の写真。その一枚一枚から、荒木が生涯を賭して制作をつづける長大な「私小説」の一端を繙き、生と死、喪と欲望、哀しみ、そして溢れでる愛を読みとく。